羽田遼亮
Ryosuke Hata
ill. えいひ
JN172774
最強不敗の神剣使い 3
The Invincible Undefeated Divine Sword Master
十傑選定動乱編

最強不敗の神剣使い

The Invincible Undefeated Divine Sword Master

3

十傑選定動乱編

CONTENTS

最強不敗の神剣使い3
十傑選定動乱編

羽田遼亮

ファンタジア文庫

3149

口絵・本文イラスト　えいひ

最強不敗の神剣使い 3

The Invincible Undefeated Divine Sword Master

十傑選定
最強不敗の神剣使い
3

動乱編

羽田遼亮
Ryosuke Hata

ill. えいひ

第一章

特待生十傑

最強不敗の神剣使い3

†

「――最近、妙な視線を感じる」

俺がそのように呟《つぶや》くと、護衛対象であるアリアローゼ・フォン・ラトクルスは軽く口元を押さえた。

まさか、毒物を経口投与されたのか⁉　慌てて彼女の口を押さえようとするが、それを防いだのは彼女の忠実なメイド、マリーである。

「そんなわけないっしょ、朝、一緒にご飯を食べたでしょう」

たしかに彼女の朝食には毒がないか確認済みだ。王立学院の寮の調理人たちは信頼が置ける人物たちであるし、アリアが口に運ぶ前に毒がないか魔法で確認している。

ならばなぜ口元を押さえたのだろうか。訝《いぶか》しがっているとマリーが答えを教えてくれる。

「もちろん、御懐妊じゃないわよ。もしもそうだったらマリーがあんたを細切れにする」

冗談――ではないだろう。彼女はラトクルス流忍術の使い手にしてお姫様命のメイド、アリアを穢《けが》すものがいたら許しはしない。無論、俺がそのようなことをするわけがないが。

「アリアローゼ様が口元を押さえているのは笑っているのよ」

「笑う？　どうして？　俺はなにもおかしいことは言っていないぞ」

「その天然ぼけなところに笑っているの。あんた、妙な視線を感じるって言ったでしょ」

「言った。アリアの護衛として看過できない」

「そりゃあ、仕事熱心だけど、その視線はあんたに向けられていることに気がつかないの？」

「護衛役を殺してからゆっくりアリアをどうにかするつもりだと思っている」

「んなわけないっしょ。視線の大半は女の子じゃん」

「たしかに。──でも、あらかたの女にはお断りの返事をしたぞ」

「あんたは鬼か⁉」

そのように突っ込んでくるが、心に響かない。俺はアリアを護《まも》るためにこの学院に通っているので、女生徒に愛の告白をされても困るだけだった。だから告白をしてきた女子には、「おまえになど興味はない」とはっきり伝えていた。

ゆえに女生徒からこのような視線を浴びせられる理由が分からない。

彼女たちを観察すると、陽炎《かげろう》が立ちそうなほどの熱量を感じる。以前、振った生徒も大量に含まれていた。──なにゆえに、と悩んでいると、アリアが笑いを抑えながら教えてくれた。

「リヒト様は他人の感情に鈍感なところがありますね」

「それは自覚している。――戦いの場だと相手の心理を読んで戦えるのだが」

「それを日常に応用してください。彼女たちがあなたに熱視線を送っているのは、剣爛《けんらん》武闘祭デュオのせいです」

「なるほど、たしかに俺は優勝したしな」

「それだけではありません。圧倒的な力をもって優勝しました」

「逆にいえば本気を出さなければいけないほど強敵が多かったんだよ」

「そうですね。近年にないレベルの高さでした。しかし、それだけではありません。いえ、それよりも試合後の〝あなた方〟の見事な振る舞いがあなた方の人気に火を点《つ》けたのです」

「勝利者インタビューをすっぽかしたことか?」

「それより少し先です」

「優勝者に送られる副賞の学食チケットを一日で使い切ったことか」

「それよりも少し前です」

「ふむ……」

軽く尖《とが》った顎に手を添え思考を巡らせると、華やかな舞踏会会場が脳裏をかすめる。

「ああ、そうか。あの迎賓館で行われた後夜祭か」

「正解です」

アリアは嬉《うれ》しそうに微笑《ほほえ》む。

「あのときに行われたリヒト様とエレンさんのダンスはこの学院で永遠に語り継がれそうなほど見事でした」

「そうか？　俺はダンスは苦手なんだが」

「技術の問題ではありません。ふたりの動きはまさしく一糸乱れぬもの。同じ生物かのように連動しており、礼節科の先生たちが驚愕《きょうがく》していましたよ」

「まあ、小さな頃から一緒にいたし、エスタークの舞踏会では何度も踊らされたしな」

エスタークの城での出来事を思い出す。非嫡出子の俺は城では粗略に扱われていたが、客人が集まるときは〝最低限〟の扱いをしていることをアピールするために、舞踏会などに駆り出されることがあった。ただ、一族で煙たがられていることは有名だったので、親族はもちろん、家来の娘もダンスをしてくれることはなかったが。

そんな中、ためらいもなく手を取って踊ってくれたのが妹だった。俺のダンスのステップは彼女に合わせて鍛えられたと言っても過言ではないだろう。

「まあ、エレン様々だ」

「素晴らしい兄妹《きょうだい》ですね。羨ましいです」

アリアにも兄弟はたくさんいるが、皆、いがみ合っている。王位を狙って争っているのだ。そんなアリアにとって、俺たち兄妹のような仲睦《なかむつ》まじい姿はまぶしすぎるのかもしれない。彼女の顔が曇ったので、話題を戻す。

「しかし、ダンスごときで人気になるとはな。この学院の生徒たちは暇だな」

その言葉に反論したのはメイドのマリーだった。

「それは違うっしょ」

彼女はそう断言する。

「もはやあんたの噂《うわさ》は性別、学年、学科、生徒、教師問わず駆け巡っている。最強不敗の下等生《レッサー》って皆が噂してるんだから」

「過分な二つ名で」

皮肉気味に答える。

「実際、負けたことないでしょ」

「いや、負けっぱなしの人生だよ。特に父親にはぼこぼこだ」

「あのお方は規格外。王国一の――、ううん、世界最強の騎士なのだから」

「子供の頃から何度か稽古らしきものをして貰《もら》ったが、同じ人間とは思えない技量だった」

「まあ、でも父親以外には無敗でしょ」

「まあな、だからこうして生きていられる」

「面倒だからあんたが最強不敗ってことで話を進めるけど、それに目を付け始めた〝やばい組織〟がいるってこと」

「へえ」

「他人事《ひとごと》ね」

「アリアとエレンの安否と幸せ以外に興味はない」

「マリーの名前がないけど」

「おまえは自分の身を守れるし、自分で幸せを掴《つか》めるだろう。それでどんな組織が俺に目を付けたんだ？」

その質問をするとマリーはやっと言いたかった固有名詞が言えると安堵《あんど》する。

こほんと咳払《せきばら》いをすると彼女はもったいぶるようにその組織の名を言い放った。

「あんたに目を付けたのは、特待生《エルダー》の中でも上位の上位、上澄みしか入れない〝十傑〟よ。学院最強の連中があんたに興味津々《きょうみしんしん》みたい」

その言葉を聞いた俺は、

「ほう」

としか答えられなかった。興味がなかったということもあるが、実は十傑という存在をよく知らないのだ。その態度を見て精神的によろめくマリー。

「あんたの好奇心のなさは筋金入りだわ。てゆーか、あんたの妹ちゃんも十傑入りするっていうのに」

「そういえばそんな話もあったな」

妹のエレンを引き合いに出されるとほんのりとだが興味が湧き出る。なので俺は彼女に十傑という組織について尋ねた。

マリーは「聞きしに勝る横暴な組織よ」と十傑の負の部分から説明を始めた。


十傑のひとり、ヴィンセントは十傑の中でも好戦的な性格で知られる。整髪料で固めた髪はハリネズミのようで、異世界のパンクロッカーに酷似しているが、性向もまさしくそれで、エキセントリックでアバンギャルドなことを好んだ。

かぶきもの、あるいは無法者のように校内を練り歩く。十傑の印を学内の生徒に見せつけるように。さすれば一般生《エコノミー》はもちろん、特待生《エルダー》でさえ道を開けるのだ。

その様は傍若無人。廊下の端で地虫のように己の存在を隠している下等生《レッサー》を見つけ、睨《にら》み付ければ震え上がるので、さらにヴィンセントの自尊心を満足させる。

下等生《レッサー》のグループが「目を合わせるな」とヴィンセントの視線から逃れる。

「おいこら、そこの陰キャ」

びくっと身体《からだ》を震わせる下等生《レッサー》のひとり。

「チーズ牛丼ばっか食ってんじゃねーぞ。つうか、俺の分も買ってこい。三〇秒以内にな」

と言い放つと下等生《レッサー》の足下に銅貨を一枚落とす。銅貨一枚では買えません、などと反論することはできない。ぱしりを断ることも。下等生《レッサー》は平身低頭の態《てい》で、食堂へ向かった。

ちなみに王立学院の食堂では牛丼のテイクアウトはできない。しかし、それでも彼は牛丼を買ってくるだろう。

脱兎《だっと》の勢いで牛丼を買いに行く下等生《レッサー》を見てほくそ笑むヴィンセント。

「これだ、これ。これこそが〝選ばれたもの〟の特権」

特権を享受するヴィンセントから笑みが消えることはない。

十傑は王立学院の生徒会、と揶揄《やゆ》するものもいるが、その権力はそのような言葉でかたづけられるものではない。

十傑は素行不良の生徒を退学処分にする権限を持つ。正確には学院上層部に報告する権利を持つのだが、その学院上層部も十傑を恐れているため、事実上、学院を支配しているのは十傑であった。各学科の予算配分、部活動の許認可、果てはトイレットペーパーの納入業者まで決められる。無論、そのようなアホなことに権力を使うことはないが。

ただ、それでも権力を持っているというのは人間の気分を高揚させ、際限なく気持ちを豊かにしてくれる。

ヴィンセントはその権利を確認するため、最近入った新人の女教師に目を付ける。地方の王立学院を卒業したてで初々《ういうい》しい。ヴィンセントはこのような輩《やから》を見つけると〝可愛《かわい》がって〟やりたくなる性質を持っているのだ。

蛇のような瞳で彼女に近づくと間近で舌なめずりをする。舌にはピアスがはめ込まれていた。

その異様な格好に驚く女教師。王都の王立学院は品行方正な生徒ばかりだと思っていたので、面喰《めんく》らっている。意を決して注意しようとするが、ヴィンセントの肩に十傑の印を見つけると表情をこわばらせる。

「この学院の教員の将来は約束されている。高額な給料に恵まれた福利厚生。──十傑に目を付けられずに勤め上げたいものですな」

とは女教師の指導教員である老魔術師の言葉だ。長年、学院で教鞭《きょうべん》を執り続けてきた先輩の言葉であるが、彼は一度、十傑に逆らい閑職に飛ばされたことがある。いや、それは今もか。彼は水魔術の教諭なのだが、仕事が任されることはほとんどなく、一日の半分は教員室の外れで猫を抱いて過ごしている。

十傑に睨まれればわしのようになるぞ、と身をもって教えてくれているのだが、女教師は彼の教訓に従うしかないのだろうか。吐息がかかりそうなほど顔を寄せられると、髪の毛を品定めされる。

「キューティクルが足りないな。おれがいいシャンプーを錬成してやろうか?」

「な、なにをするんですか⁉　あなたはここの生徒でしょう」

「立心偏のほうの性徒だよ」

「や、やめてください。か、彼氏にも触らせたことがないのに……」

そのまま腰に手を回し、シャワーが浴びられる場所まで連れて行かれそうになる。周りを見るが、誰も助けてくれそうにない。生徒はもちろん、教師仲間たちもだんまりであった。

(……田舎のおじいちゃんごめんなさい)

ぼとりと牡丹《ぼたん》の花が落ちるイメージが脳内を支配するが、それを救ってくれたのは勇敢な女偉丈夫だった。

縁なしの眼鏡を華麗にかけたお団子頭の女性が、ヴィンセントの肩を掴むと言った。

「王立学院校則九条三項、魔術的な意味のない華美な装飾品、ピアスなどの使用は禁じる」

凜《りん》とした表情に声。まるで戦乙女のようだが、ヴィンセントは怯《ひる》まない。

「おお、これはこれは下等生《レッサー》寮の寮長兼礼節科の教師ではないですか」

「せ、先輩……」

涙目になりながら新人女教師はジェシカ・フォン・オクモニック寮長の後ろに隠れる。

「〝また〟女教師に手を出して他の十傑に軽蔑されるつもり？」

「〝また〟十傑と揉《も》め事を起こして左遷されるつもりか？」

「…………」

ジェシカは沈黙する。

「昔、十傑と問題を起こして礼節科の副学科長から臨時講師に格下げされた上、ゴミどもの寮長をやらされているらしいな」

「彼らは下等生《レッサー》ではあってもゴミではないわ」

「劣等種だよ。学院の汚物だ。オールドミスにお似合いだ」

「訂正なさい。三秒以内に」

「厭《いや》だよ。おばはん」

ジェシカ・フォン・オクモニックの手が振り上がったのはオールドミスに対してではない。自分の愛する寮生たちを侮辱されたがためだった。

そのまま振り下ろせばジェシカは寮長の職さえも失うことになるが、それでも一瞬たりとも躊躇《ちゅうちょ》することなく、手を振り下ろした。

強力な平手打ちが鳴り響く——、ことはなかった。彼女の手を押さえたものがいたからだ。

「マリーからどんな組織か聞いたが、聞くまでもなく一発で分かったよ。こういうクズの集まりが特待生十傑《エルダー》なのか」

ジェシカよりも遙《はる》かに大柄で筋肉質の少年がまるで白馬に乗った王子様のようなタイミングで現れた。その甘いルックスもあってこの環境下に置かれた女子ならば誰でも惚《ほ》れてしまうこと間違いないが、ジェシカが彼に惚れることはなかった。

なぜならばすでに惚れているようなものだからだ。ジェシカは彼を題材にした恋愛小説を一四本書き上げている。うち三作は原稿用紙三〇〇枚超の大作だった。

「リ、リヒトさ——」

様と言いかけたのを既《すんで》のところで呑《の》み込む。

真っ赤に染まった顔も冷静に繕う。

恋愛小説家パトリシア・ジョセフィーヌとしてはともかく、ジェシカとしてはリヒトに恋心を抱くことはできない。教師と生徒だからだ。

ただ、それでも理不尽な暴力から救ってくれたことには礼を言わなければならない。

頭を垂れる。それに対するリヒトの反応は中世の模範的な騎士そのものだった。

「女性に暴力を振るう輩は見逃せない。ましてや己の師を傷つけるものを許すことはできない」

「ありがとう。――でも違うのよ。校則について議論していただけなの」

これ以上騒ぎを大きくしたくないための嘘《うそ》であるが、その配慮はヴィンセントによってむげにされる。

「違うさ。このおばはんがおれのピアスにいちゃもんを付けてね。乳首に付けたものも見せろって言うんだぜ」

と言いつつ彼は着崩した制服の上着をはだけさせ、乳首を見せる。しっかりと乳首にもピアスは付けられていた。

「――まったく反省の色が見られないな」

はあ、とリヒトは溜《た》め息をつくと、この学院に入学したてのことを思い出す。

「そういえばこの学院には決闘という制度があったな」

「あるね。教師、もしくは十傑の同意があれば、生徒同士は決闘で勝負を決めていいいんだ」

ヴィンセントはこともなげに言い放つ。

「あのときは無許可だったが、今回は許可が下りそうだ」

「だ、駄目よ、リヒト・アイスヒルク。決闘なんてさせられないわ！」

「ミス・オクモニックならばそう言うと思っていました。しかし、許可を下せるのは教師だけではない」

ジェシカはちらりとヴィンセントを見るが、彼は得物の棍棒《こんぼう》を振り回していた。

「久しぶりにイケメンの前歯を全部へし折れるぜ」

嗜虐的《サディスティック》な笑みを浮かべる。こいつ自身、イケメンと言い張っていい顔立ちをしているが、なにか劣等感《コンプレックス》でも持っているのかもしれない。

交互に腰の神剣に手を伸ばす。右手の聖剣ティルフィング、左手の魔剣グラム。

ティルは元気よく、

『お、やっと台詞《セリフ》を貰《もら》えた。うぇーい』

と訳の分からないことをのたまう。

グラムは、

『我の出番かな？』

と冷静に話を進めてくれる。

「今回は両方かな」

『つまり強敵ってことか』

「そういうこと。剣爛《けんらん》武闘祭で十傑の下位と対戦したことがある」

『氷炎の姉弟だね』

「そのときの経験則に照らし合わせればこいつは雑魚《ざこ》じゃない。強敵だ」

『でも神剣を持ってないよ？』

「神剣だけが武器じゃないさ。それにこの学院で頂点に上り詰めるのだからただの武器じゃないんだろう」

そのように纏《まと》めると、ヴィンセントはにやりとする。

「分かっているじゃないか。新進気鋭の下等生《レッサー》」

彼は演舞するかのように棍棒を振り回すと言った。

「これはたしかに神剣じゃないが、神器のひとつだ」

「それじゃあ、遠慮なく二刀流でいかせてもらおうか」

「おれの情報だとおまえさんは三刀流になったと聞いているが」

「なんでも知ってるのな」

「〝おれたち〟の間じゃ一番ホットだからな」

「エッケザックスは異空間に置いてある。背中に担《かつ》ぐにも大きすぎる」

「なるほど、たしかに絵にならない」

ヴィンセントは苦笑を漏らすと、

「ここは邪魔が入るかもしれない。移動するぞ」

リヒトを決闘場へと誘う。ジェシカがなにも言わなかったのは、一度火が点《つ》いた男にはなにを言っても無駄だと知っていたからだ。

それに必ずリヒトが勝つとも信じていた。

（十傑の神棍使いよりも、最強不敗の神剣使いのほうが強いもの……）

己にそう言い聞かせるが、一抹の不安も感じるジェシカであった。彼女は万が一に備え、アリアローゼとエレンを捜すため、校内を駆け回った。

†

ヴィンセントが俺を誘ったのは決闘の森と呼ばれる場所であった。

この学院にはいくつもの決闘場所があるが、このような場所を選ぶとは思わなかったので、軽く驚きを感じる。

「長物を使うのにここを選ぶか……」

ヴィンセントの武器は己の身長と同等の棍棒、剣だと大剣クラスに分類される。そんな得物を使っているのに小回りが利《き》きにくい森を決闘場所に選ぶなど常識的には考えられないが……。

『そんな裏読みする必要なくね？　こいつが自然好きの雑魚なんだよ』

とは楽天家のティルの言葉であるが、慎重派のグラムは俺と意見が同じのようだ。

『──リヒト、気をつけろよ。見た目は軟派な男だが、やつの実力は伊達《だて》じゃない』

「同意だ。ただならぬオーラを感じる」

俺の台詞だけは相手に伝わるのでヴィンセントが呼応する。

「当たり前だ。おれを誰だと思っている。十傑の序列五位だぜ」

「すごいじゃないか」

「本来は三本の指に入っていてもおかしくないんだが、巨乳ちゃんを喰《く》いまくって停滞している」

「身から出た錆《さび》だな」

「初々《ういうい》しい巨乳女教師を見れば誰でも興奮するだろう」

「一緒にするな」

と反論すると間合いを取る。森の真ん中に到着したからだ。

「そうだったな、おれたちはハイキングをしに来たわけじゃない」

「そうだ。おまえは俺の師に無礼を働いた。謝ってもらう」

「あの行き遅れおばはんのことか。知っているか？　あのおばはんはおまえを題材に濃厚な同性愛小説を書いているんだぜ」

「俺は思想と言論の自由とカップリングの自由を同等に思っているから気にしていない」

そのように嘯《うそぶ》くとグラムを抜き放つ。

この鬱蒼《うっそう》とした森では技巧を尽くせるグラムのほうが有利だと思ったのだ。事実、東方の刀にも等しいグラムは森の木々を避《よ》けるようにヴィンセントを斬り裂く。

――やつの残像であるが。

やつは俺の剣の動きを完璧に見切ると、残像を残してそれをかわす。しかも一度ではなく、何度も。

『我の動きをここまで見切る相手は初めてかもしれない』

「ああ、今まではパワータイプの化け物が多かったしな」

悪魔や究極生物兵器を思い出す。あいつらのパワーは尋常ではなかったが、技巧派ではなかった。

「久しぶりに興奮できる」

事実、ここまで空を斬るのが楽しいのは久しぶりであった。あるいはもしかしたら城を出て以来、初めて剣士としての技量を出し切れているかもしれない。

やつが何度目かの斬撃を棍棒でいなすとその余裕がなくなる。——俺の見立てが間違っていたからだ。

やつは技巧派タイプであると同時にパワータイプであり、策士でもあった。

グラムの攻撃を一通りかわすと棒切れを振り回す。

その一撃は強力で、避けた俺の後ろにあった巨木をへし折るほどであった。

『初めから木々は障害物でさえなかったわけね。……あんなの喰らったら背骨もぽっきりだよ』

『避ければいいさ。我が主《あるじ》は回避の名人だ』

事実、自分でもそう思っていたのだが、それが過信に繫《つな》がったのかもしれない。俺はやつの攻撃を喰らってしまう。

「あと一歩踏み込まれていたら内臓が破裂していた」

「打撃はじわじわダメージが行く。後半戦は足下がふらふらになるぞ」

「そうならないように喰らわないようにするよ」

そのように嘯くと、巨木を薙《な》ぎ倒す一撃を回避し続けるが、それがやつの策だった。やつは俺の身体《からだ》に棒切れの長さを染《し》み込ませたのだ。そしてやつの棒切れはただの棒切れではなく、神の棍棒だった。

紙一重でかわした俺に向かってやつは棒切れの名前を叫ぶ。

「伸びろ！　如意棒《にょいぼう》！」

それと同時にやつの棍棒は伸長する。

それも数センチなどというレベルではなく、一メートル近く伸びたのだ。

『ず、ずるい！』

ティルは俺を贔屓《ひいき》にしているのでそう叫ぶが、グラムは冷静に諭す。

『ずるいものか。あれが神棍の真髄だ』

それには俺も同意だった。俺の持つ神剣であるふたりはもちろん、エッケザックスとてチートといってもいい能力を持っている。それに神々の武器は〝持ち主〟を選んでいるのだ。この如意棒というやつもやつの実力に惚《ほ》れ込み、所有されているに違いなかった。

如意棒の一撃によって脇腹を痛めた俺は、そのような感想を抱いたが、相手に敬意を払うといいこともある。敵の二撃目を避けることに成功したのだ。

「ほう、二撃目は避けるか」

「伸びると分かっていればなんとかなる」

「しかし、今の一撃は手応えがあったぞ。折れた脇腹でどこまで回避できるかな」

「…………」

　沈黙したのはやつの言葉が正しいと思ったからだ。今の一撃で俺の肋骨《ろっこつ》は折れた。そんな中、先程のような回避行動を繰り返せばいずれ捕捉される。そうなったとき、やつの馬鹿力の一撃を喰らえば今度は頭蓋骨を砕かれるかもしれない。

『バイヤー！　バイヤー！』

　どうしよう⁉　と慌てるティルだが、俺〝にも〟秘策があった。

（……伸縮自在の棍棒、たしかに厄介だが、弱点もある）

『そんなのあるの？　攻防一体の強力な武器に見えるけど』

（あるさ。弱点のない武器などない）

　だからこそ俺は複数の武器を使っているのだ。一本の武器で済むのならば小うるさいティルフィングだけで充分だった。そのように返すと彼女は臍《へそ》を曲げるが、

『浮気《うわき》を許してあげるのが女の度量。正妻が僕ならば許してあげる』

　という寛大な言葉もくれる。

ありがたいことだ、と心の中で皮肉を述べると、距離を取り、亜空間からエッケザックスを取り出す。

その姿を見たヴィンセントはにんまりとする。

「おれと同じ戦法か。長物で木々を斬り倒しながら接近する気か」

「それは企業秘密だ」

「好きなだけ秘密にしてあの世に旅立て」

ヴィンセントはそう言うと如意棒の名を叫ぶ。それと同時にやつの如意棒が目の前まで伸長してくる。やつの如意棒は一メートルどころか一〇メートル以上伸びるようだ。いや、そんなレベルではないようだ。やつは得意げに手の内を明かす。

「おれの如意棒は無限に伸びる！　夜空に浮かぶ月にだって届くのさ」

「それじゃあ、月に兎《うさぎ》がいたら差し入れしてくれ、兎肉が好きなんだ」

やつの自慢に皮肉で返すと、やつの自慢ごと粉砕する。

如意棒の一撃を読んでいた俺はエッケザックスの腹の部分をやつにさらす。

「巨大な刀身を盾代わりか、考えたな」

だが――、とやつの言葉は続く。

「巨木すら貫くおれの如意棒に耐えられるかな？」

その言葉通りやつの如意棒は巨大な木々を粉砕しながら俺を突こうとする。その勢いは凄《すさ》まじく、まともに喰らえば致命傷は免《まぬが》れないが、俺はそれをエッケザックスの腹で防御する。

カキン！


魔力を持つ武器同士特有の火花が散る。

その様は美しかったが、見とれているわけにはいかない。

この防御態勢は〝伏線〟なのだ。

俺は〝あらかじめ〟念動力によって動かしていたティルフィングとグラムをやつの両脇から出現させる。木々の破壊によって辺りは粉塵《ふんじん》に満ちており、視界が極端に悪くなっていたのだ。その間、聖剣と魔剣を動かし、奇襲を仕掛ける。それが俺の策だった。

その策は完璧だった。粉塵によって視界を失っていたヴィンセントは二刀の接近に気がつかない。

やつはティルとグラムによって串刺しにされる――ことはなかった。それどころか不敵に笑いながら上体をそらし二刀をかわす。

「残念、これも調査済みだ。リヒト・アイスヒルクは三つの神剣を操り、それを自由自在に動かせると」

「詳しすぎるぞ」

「全身のほくろの数まで知ってるぜ」

「おまえは俺のストーカーか」

「おれは違うが、十傑の上層部はおまえに興味津々《きょうみしんしん》だ。中には十傑入りを望むものもいる」

「その口ぶりじゃ、おまえは歓迎モードじゃないんだな」

「おれはイケメンが嫌いなんだ」

「容姿差別主《ルッキズム》ってわけか。まあ、気にしないよ」

義理の母親は俺が母親似だからと毛嫌いしている。見た目で差別されるのは慣れていた。

子供の頃を思い出すが、子供の頃と違うのは差別されっぱなしではないということだ。相手が俺のことを嫌いだからと拳を振り上げれば、こちらもそれ相応の仕返しをすることができた。

ふたつの神剣を回避された俺は、エッケザックスを手放すと、やつの伸ばした如意棒の上に乗り、その上を走る。やつが如意棒を引き戻そうとした瞬間を狙ったのだ。さすれば戻る力と走る力の相乗で素早くやつの懐《ふところ》に入れる。

まさかこのような曲芸をするとは思わなかったヴィンセントは目を見張る。

「軽業士かよ」

「護衛を失業したら転職を考えるよ」

俺が失業するときは姫様に平穏が訪れるときだから、早くそのときが来てほしかった。

そのように思いながらやつの如意棒の上を走るが、やつは遅まきながら如意棒を引き戻す愚に気がついたようだ。逆に伸ばし始める。そうなれば俺は同じ場所を走ることになる。やつの懐に入ることはできない。無論、いつまでもハムスターのように同じ場所を回っているつもりはないが。

如意棒の上で跳躍すると、そのままやつに向かって飛びかかる。

剣を帯びていないので、拳が武器となる。上半身の筋肉に魔力を帯びた酸素を送り込み、最大限の力を込める。肉弾戦の予感を覚えていたヴィンセントはあっさりと如意棒を手放し、呼吸を整え、握り拳を返す。

右拳と右拳、どちらも最大速度で振り下ろす。

『クロスカウンターだ！』

ティルがそのように叫ぶ。彼女は拳闘《ボクシング》にも興味があるようだ。

『男と男の最後の武器は拳と相場が決まってるんだ。もちろん、ワタシは君の勝利を信じてるよ。ドンピシャのタイミングで決めたって！』

「………」

信じてくれるのは悪い気はしない。ティルの気持ちに応えるため、やつの顔面に拳を振り下ろすが、拳闘の腕前はやつのほうが上手だった。

『〇・〇二秒ほど主のほうが遅い』

『なして⁉』

『棍棒使いゆえに対策として肉弾戦を極めていたのだろう。長物使いは懐に入られたら終わりだからな』

グラムは冷静に解説する。

『そ、それじゃあ、リッピーは負けちゃうの？』

その問いにグラムは冷静かつ的確に答える。

『いや、肉弾戦で劣っていても知能では優《まさ》っている。すべてが主の手のひらの上だ』

グラムの大胆不敵な予想は的中する。

たしかに拳の速度はやつのほうが速かった。しかし、俺には加速力が伴っていた。跳躍によって得た加速力が俺の拳に加味されたのだ。それに兵士と拳は高きを尊ぶ、という格言もある。上部から振り下ろす拳と振り上げる拳では、前者のほうが圧倒的に優位だった。

〇・〇一秒ほど相手を上回った俺の拳は、ヴィンセントにめり込む。

そのままやつの顔を歪《ゆが》めると、身体を十数メートルほどぶっ飛ばす。後方にあった木々を薙ぎ倒しながら。

普通ならば背骨まで折れる一撃であるが、さすがは十傑、死ぬことはなかった。ただ、一分ほど意識を絶たれていたが。ここが戦場ならばそれは死を意味するが、決闘においても敗北を意味した。俺はヴィンセントに勝ったのだ。

勝利を宣言したのはふたつの愛刀たちだった。

『さすリヒ！』

『勝者、主』

同時に響き渡るが、それと同時にアリアとエレンが現れる。

「リヒト様！」

「リヒト兄上様！」

森に響き渡る彼女たちの声は妖精のように麗《うるわ》しかったが、緊迫感に満ちていた。どうやらジェシカ女史に大袈裟《おおげさ》に危機だと吹聴《ふいちょう》されていたようだ。

「兄上様、なぜ、このような危険な真似《まね》を――」

「そうです。リヒト様にもしものことがあったらわたくしたちは――」

恋敵であるふたりが共闘して俺を責め立ててくるが、ジェシカが侮辱されたから、とは答えなかった。その奥ゆかしさがさらに彼女の創作意欲を燃やすことになるのだが、それよりも着目すべきは吹き飛ばされたヴィンセントが目覚めたことだろう。

やつは血走った目をこちらに向けていた。

神さえ殺す、という目でこちらを見つめていた。

ただ、足がふらついており、戦闘能力は皆無であった。――しかし、それでも如意棒《にょいぼう》を杖《つえ》代わりにし、「――殺す。絶対に殺す」とこちらに歩み寄ってくるが。

この男との戦いの決着は〝死〟以外ないのかもしれない。そのような予感を抱かせた。

（……決闘での人死は罪に問われないが）

それでも人殺しなどしたくない。俺は再びやつの意識を絶つべく、拳に力を込めるが、それが再びやつに命中することはなかった。

強大な力を感じたからだ。

やつの後方から高速で接近するふたつの影。それは見知った顔であった。

「あいつらはたしか……」

普段、教室で顔を合わせる双子だ。剣爛《けんらん》武闘祭でも剣を交えた仲である。

「おまえらがなぜここに、とは愚問かな」

俺の皮肉に返答したのは双子の姉のエルザードのほうだった。

「そうね。私たちも特待生十傑《エルダー》に名を連ねているのだから」

氷使いのエルザードは冷静に答える。

「ちなみに加勢しに来たわけじゃないぞ。十傑はもちろん、俺たち姉弟は〝誇り高い〟からな」

炎使いのエルラッハは誇り高いを強調する。事実、剣爛武闘祭で戦った彼らは誇り高く、潔《いさぎよ》かった。名誉ある決闘に割り込むなど絶対にしないだろう。ならばなにをしに来たのだろうか。率直に尋ねる。

「俺たちの役目はヴィンセントの回収だ。十傑の総意を無視しておまえに決闘を挑んだって情報が入ってきたからな」

その言葉にヴィンセントは過剰に反応する。

「総意だと⁉　おれは認めて――」

言葉が途中で止まったのは口の中に違和感を覚えたからだろう。彼は口の中から血液の混じった唾液と歯を吐き出す。

「おれは認めていねえ。こんなやつを十傑にするなんて」

「なんでなの？」

エルザードは無表情に尋ねる。

「こいつは下等生《レッサー》だ。劣等種だ」

「それじゃあ、その劣等種に敗れた我々はなに？」

「…………」

エルザードの的確で自虐的な問いにヴィンセントは言葉を失う。

それを見てエルラッハは愉快そうに笑う。

「姉貴に一本取られたな。そうだ。たしかにこいつは下等生《レッサー》だが、劣等種ではない。少なくとも俺たちよりも強いよ」

「特待生《エルダー》十傑は特待生《エルダー》の上位一〇名の称号だ」

「下等生《レッサー》には与えられないってか。てゆうか、そんな古くさい決まり破り捨てちまえばいいんじゃね？」

「新参のシスコンどもが‼」

「なんだと⁉」

シスコンに過剰反応したエルラッハが摑《つか》みかかろうとするが、姉がそれを押さえる。

一触即発であるが、意外にもエルラッハが引き下がった。終始強気な弟であるが、姉の言うことは聞くようだ。――それにさらにエルラッハの行動を押さえる人物が現れたのだ。

エルザードにエルラッハ、それにヴィンセント。三人の視線が後方に注がれる。

その行動でアリアとエレンもその存在に気がつく。

〝彼〟は氷炎使いの姉弟とは違い〝俺以外〟にはまったく気配を感じさせずにここまでやってきたのだ。

この誰もが殺気だった現場にである。それだけでもただものではないと分かる。

事実彼はただものではなかった。

真っ先に彼の制服を確認するが、そこには十傑の証《あかし》と数字が書かれていた。ナンバー〇三、つまり彼が特待生《エルダー》十傑序列三位なのだろう。

爽やかにしてにこやかな笑顔とともに挨拶をする。

「さすがは最強の下等生《レッサー》、あなただけは僕の存在に気がついていたか」

「ああ、よくもまああそこまで殺気を消せるものだな」

「それは鍛練を積んだから——ではなく、元々、殺気がないんだ。僕の実家は聖職者の家系だから」

「聖職者か」

「意外かい？」

「いや、むしろ天職だ」

絶やすことのない微笑《ほほえ》み、温和な表情。虫も殺したことがなさそうな顔、とは彼のことを指す言葉なのだろう。

「ありがとう」

糸のように細い目をさらに細めると好戦性など消し飛んでしまう。実際、彼は所属する聖職科でも優秀な生徒として知られ、卒業と同時にラトクルス聖教の幹部候補生として就職することが決まっているらしい。

「未来の主教猊下《げいか》様か、いや、大主教聖下様かな」

「出世など望んではいないよ。僕が求めるのは安寧と平穏。目下のところは学院で起きている闘争を鎮《しず》めたい」

「道理だ。学院で起きている小さな諍《いさか》いを収められないものが、人々の平穏など望みようもない」

そのように言うと俺はティルとグラムを鞘《さや》に収め、敵意がないことを示す。しかし、ヴィンセントのほうはふたり分敵意が残っているようで、如意棒を持つ手を緩めない。――やれやれと思うが、目の前の聖職者はただものではなかった。

「――ヴィンセント、神と僕はどんなときも君の行動を笑って許すけど僕より上席のものは違うからね」

語気を強めることもなく、むしろ穏やかに言うが、奇妙な迫力があった。ヴィンセントの身体《からだ》はびくりとする。

「くそッ」

吐き捨てるように漏らすが、その態度を見る限り、序列三位以上のものはヴィンセントでも一目置く存在のようだ。あるいはもしかしたら俺よりも強いかもしれない。そのように感想を漏らすと、エレンがむきになって否定する。

「リヒト兄上様より強いものなど存在しません！」

それについては反論する。

「先日、父上に負けたばかりだが」

「それでは〝父上〟以外には存在しません」

「そうありたいものだが、世の中上には上がいるものさ」

妙なところで言い合いになるが、序列五位のヴィンセントは吠《ほ》える。

「北部の山だしどもが――」

さらになにか続けたいようであるが、これ以上語り、自分の自尊心を傷つけたくないのだろう。

「――たしかに〝おまえ〟も十傑上位も俺より強い。しかし、それが〝永遠〟だと思うなよ」

「ああ、俺の剣の師匠は言っていた。驕《おご》れるものは久しからず。盛者必衰の理《ことわり》と」

その謙虚な態度にさらに腹が立ったようだが、血の混じった痰《たん》を吐き出すと背中を見せる。

「あとはそこにいる司祭様に聞きな」

「僕はまだ司祭ではないよ」

「じゃあ、そこにいる糸目に聞きやがれ」

そう言い残すと森から去っていった。

未来の司祭様はやれやれと漏らすが、俺たちのほうを振り返ると、自己紹介を始めた。

「申し遅れたね。僕の名前はアレフト。高等部の聖職科だ」

「姓がないということは平民か」

「うん。僕の家は公爵家の連枝《れんし》なのだけど、長男以外は俗世から切り離され、聖職者になる習わしがあるんだ」

「後継者争いを防ぐためか」

「それもあるけど、僕の実家、メイザス家は呪われた家系でね。軍人としてラトクルス王国に貢献してきたのだけど——」

「してきたのだけど？」

「あまりにも勇猛果敢すぎて敵兵を殺しすぎてしまってね。敵兵たちの首塚を祀《まつ》るために次男以下は聖職者になって敵兵の魂を弔う風習があるのさ」

そう言うと彼は天に祈りを捧《ささ》げる。物騒な風習であるが、やはり彼自身、聖職者が天職のような雰囲気を醸《かも》し出している。

「あなたの出自は分かった。そして決闘を仲裁してくれてありがとう」

「一方的な喧嘩《けんか》だったけどね」

くすくすと笑うアレフト。

「まあな。でも助かる」

「そうか。じゃあ、恩返しというわけじゃないけど、君も十傑に入ってくれないか？」

「十傑にか……、先ほどそれは十傑の総意と言っていたがどういうことだ？」

「そのままの意味だよ。剣爛武闘祭直後、十傑会議が行われた。反対意見もあったが、多数決により君の十傑推薦が決まった」

「民主的な組織だことで」

「十傑会議で決まったことは〝総意〟だ。君は学院生として十傑に入る義務が生じたというわけさ」

その言葉に目を輝かせたのは我が妹だった。そういえば先日、妹も十傑に選ばれ、選抜試験のようなものを受けていた。一緒に仕事ができる！　兄上様に相応《ふさわ》しい地位を得られる！　周囲のものが兄上様に一目置くようになる！　もごもごとそのように呟《つぶや》いている。

妹にとってアレフトの申し出は渡りに船のようだ。ただ、それは妹だけであって、俺はそうではない。面倒ごとが多そうな組織に入る理由もない。ゆえに丁重に断る。

「すまないな。知ってると思うが、俺は姫様の護衛なんだ」

「ああ、〝熟知〟しているよ。だけど、護衛と十傑の活動は両立できる。十傑といっても年中仕事があるわけではなく、重要な会議で採決するときだけ集まる面倒くさがり屋もいるくらいさ」

「それでも無理だ」

「〝この〟僕がこんなに頭を下げてもかい？」

糸目がわずかに開く。思いのほか鋭い眼光であった。

「それでもだよ。すまないな」

「…………ふふ」

気負うことも気張ることもなかったためだろうか、アレフトはすぐに柔和な表情を取り戻す。

「あーあ、やっぱりそうだよね。ま、十傑の会議で決まってしまったから、今後も誘いが多いと思うけど、のらりとかわしてよ。無理強いはしない」

そのようにのほほんと言う。雲のようになかなかつかみ所がない人物だ。好感を抱くことはなかったが、憎悪《ぞうお》する要素はなかった。

なのでそのまま別れるが、彼は最後に不吉めいた予言を残す。

「僕の一族は代々、魔女を娶《めと》る。だから一族には稀《まれ》に未来予知めいたことができるものが現れるんだ」

「あなたがそうだと？」

「さて、それはどうか分からないけど君に不吉の影を感じる。大切なものを失う相が見える」

「…………」

ちらりとアリアとエレンを見てしまう。どちらが大切かはかってしまいそうになる前に視線を戻すが。するとアレフトはいつの間にか消えていた。

「風のように現れて、風のように消えていく男だな」

『歩き方が聖職者ってよりも暗殺者だよね』

ティルがなにげなく言い放つが、たしかにその表現はぴったりだった。

アレフトがいなくなると、妹が俺の胸に飛び込んでくる。

「兄上様が無事でよかった」

同じ組織に入ることはできなかったが、決闘で怪我《けが》を負わなかったのは幸いです、とのことだった。肋骨《ろっこつ》が折れているのだが、それは内緒にしておくべきか。ただ、アリアは気がついているようで、あとでこっそりと制服を縫ってくれた。さすがは下町育ちの庶民派お姫様、伯爵家の娘であるエレンよりもよほど女性らしかった。

第二章

恋という名の戦争

†

リヒト・アイスヒルクの妹、エレン・フォン・エスタークは兄のことが大好きだ。四六時中どころか、二四時間常に一緒にいたいと思っている。できることならば融合して同一生命体になりたいくらいだった。

「――いや、それは駄目ね。雌雄一体になったら女としての喜びを感じることはできないわ」

心の中で前言撤回すると、二四時間一緒にいたいという願望だけ具現化させる。

まずは明け方、兄が寝泊まりをしている下等生《レッサー》の寮に入り込むと、兄の部屋の鍵を開け、忍び込む。超敏感で警戒心の塊である兄であるが、侵入者が妹だと分かると、「またか……」と呟くだけで睡眠を再開させる。

エレンは目一杯、兄の体臭を吸い込みながら二度寝を楽しむ。

小一時間で兄は目覚めるとささっと身だしなみを整える。洗面所で顔を洗い、櫛《くし》を数度通すだけ。美男子の中の美男子である兄は髪質もチートなのである。

「絹のようになめらかで、夜空の闇を糸にして紡《つむ》いだみたい」

うっとりとするエレンであるが、リヒトは気にせずに着替える。異性の前で肌をさらす趣味はないが、妹は異性にカウントしていないので気にしない。ただ、エレンはお嬢様教育を受けているので両手で目隠しをするが。

「兄上様の全裸を見るのは初夜の日──」

と心に決めているからであるが、指の隙間からのぞく部分はノーカウント。鍛え抜かれた腹筋と大胸筋を堪能《たんのう》する。

朝から至福の光景を見たエレンはとろんとしながら兄に付き従って特待生《エルダー》の寮に戻る。そこで兄の主《あるじ》と合流するのだ。

アリアローゼ・フォン・ラトクルス、この国の第三王女が兄の雇用主であった。エスタークク家はラトクルス家の藩屏《はんぺい》と称される家柄なので、エレンにとっても主であるが、単純な関係ではなかった。

アリアは主であると同時に恋敵でもあるのだ。アリアは護衛にして家臣であるリヒトのことを確実に気に入っており、あるいは愛していると言い換えてもよかった。

そんなわけでその恋敵と毎朝顔を合わせるイベントを好ましく思っていなかったエレンであるが、最近は心境の変化が。

（今日のアリア様の御髪《おぐし》は銀糸のようね）

（このヘアアレンジは真似《まね》したいかも）

（目の下に隈《くま》が。昨日は寝不足だったのかしら）


などと思うようになっていた。

要は以前あった敵意がなくなっていたのである。剣爛《けんらん》武闘祭デュオの最終日、エレンは嫉妬心からアリアに酷《ひど》いことをしてしまった。しかし彼女はエレンを責めることなく、姉妹のように接してくれたのだ。その慈悲、寛大さはエレンの氷河のような心を溶かすに充分であった。以来、エレンはアリアに敵意を向けることはなかった。

――のだが、兄の件は別件、将来の妻が誰であるかを見せつける。

雌としての本能がそうさせるのだ。

エレンは兄の利《き》き手側に陣取るとそのまま右腕を独占する。左手は鞄《かばん》があるからこれで誰も腕を組めない。登校中も〝昔話〟に花を咲かせる。


エスタークの城にいた頃は一緒にお風呂《ふろ》に入った。

エスタークの城にいた頃は一緒に夜更《よふ》かしした。

エスタークの城にいた頃は一緒に同じ林檎《りんご》をかじった。

このようにアリアが入ってこられない会話に終始すれば兄を独占することができた。兄の性格上、女性の心の機微など分からないから、見事にエレンの策略が成功する。

朝一から兄の独占に成功すれば、こちらのペース。授業中以外は兄を独占する。休み時間のたびに兄の教室を訪れては抱きつく（ちなみにトイレに行かなくてもいいように水分は摂《と》らない）。お昼休みはお弁当を持って中庭に向かう。兄の好みと食欲は知り尽くしているから、お弁当を分けてあげると言えば、簡単に独占することができる。

「はーい、兄上様、タコさんウィンナーですよー。あーんしてくださいー」

「子供ではないのだから『あーん』などするか」

「そんなことを言いながらも口を開けてるではないですか、うふふ」

食いしん坊兄上様が美味《おい》しそうにタコさんウィンナーを食べる姿はそのまま絵にして壁に飾っておきたいほどであった。

ちなみに兄は高級なヴォルクス・ソーセージよりも安い赤いウィンナーを好む。冷えた弁当ではこちらのほうが美味しいのだそうな。

セレブ姫様はそれを知らない。エレンは勝ち誇りながら怒濤《どとう》のラッシュを掛ける。

「兄上様、勉強が分かりません～」

しなを作ってだだをこねると、兄は勉強を教えてくれる。

学院には満点で合格したので、分からない問題などないが、エレンはアリアと違って道化を演じることもできるのだ。そして兄と一緒にいるためならば嘘《うそ》もつける。放課後、下等生《レッサー》の寮で勉強を教えて貰《もら》う。

吐息が掛かりそうな距離で兄から勉強を教わるのは極楽浄土よりも心地よかった。

女の幸せを目一杯享受すると、そのまま寮で夕食を摂る。

寮長には「たったひとりの兄と一緒に食事が摂りたいのです」と言って涙を浮かべ（エレンには兄がもうふたりいる）、調理師のドワーフのセツさんには、「こんな美味しいもの、北部では絶対食べられませんわ」とおべっかを使うことによって取り入る（実際、とても美味しいけど）。

こうして就寝直前まで兄とイチャつくと、そのまま特待生《エルダー》寮に戻る。

ちなみに兄はふたり部屋を独占していたのでエレンが引っ越せる余地があるのだが、兄妹《きょうだい》でもそれは無理なのだそうな。

「ここは下等生《レッサー》と一般生《エコノミー》の寮、特待生《エルダー》は入寮できません」

ジェシカ・フォン・オクモニック女史はきっぱりと言う。

エレンは後ろ髪を引かれる思いで特待生《エルダー》の寮に戻るが、それを見つめるはアリア。

一日中、リヒトを独占していたように見えるが、それはエレンの中だけのこと、実は〝視界〟の端っこには常にアリアがいた。登下校のときも休み時間のときも昼食のときも、勉強会のときも、である。

奥ゆかしい彼女は兄妹が会話をしているときは置物のように鎮座していたので存在感は希薄だったが、じーっとふたりの兄妹を見つめていた。いつもの笑顔なのだが、いつもの闊達《かったつ》さと軽やかさがない。

その理由はアリア自身把握していなかったが、彼女のメイドにして友人であるマリーは熟知していた。

エレンとアリアを交互に見ると、やれやれ、と吐息を漏らす。

「猪突《ちょとつ》猛進娘に完全無欠鈍感娘。ふたりを混ぜ合わせて半分にすればちょうどいいのに……」

そのような感想を漏らすが、マリーに合成獣《キメラ》を作る才能はない。

ただし恋のキューピッドとしての能力には長《た》けていた。

「ふふふ、見ていなさい妹ちゃん、恋という名の戦場では〝軍師〟がものを言うのよ」

恋のキューピッドとなるべく、マリーは暗躍を始めた。

その夜、お風呂に入り風魔法器具で髪を乾かしているアリアに向かって、マリーは語りかけた。

「アリアローゼ様、今度の日曜日の予定ですが、すべてキャンセルさせていただきます」

アリアは風魔法器具を化粧台に置くと、え？　という顔をした。

「日曜は大事な会合と、教会の炊き出しがあるではないですか。それをキャンセルするなんて、なにか特別な予定でも入ったのですか」

「はい。入りました。戦争が起こるのです」

「な、なんですって⁉　このラトクルス王国が戦火に包まれるというのですか⁉」

ど、どこです、どこが攻めてくるというのです、とマリーに摑《つか》みかからんばかりのアリアであるが、彼女はにっこりと言う。

「もっと局地的な戦争です。それに武力を伴わない戦争ですわ」

「そ、そうなの？」

よかった。

ほっと胸をなで下ろすアリア。とても可愛《かわい》らしい生き物なので抱きしめたくなるが、それは我慢する。本題に入れないからだ。

「日曜日に行われる戦争は女の戦争です」

「女の戦争ですか？」

きょとんとした顔をする。

「はい。対戦国は無数にありますが、目下のところ倒すべきはエレン・フォン・エスタークㅤ」

「エレンさんはリヒト様の妹御ではありませんか」

「はい。ゆえに強敵です。合法的に四六時中一緒にいることができるのですから」

「しかし兄妹ですし――」

「甘い！　砂糖の器の上にパンケーキを載せて練乳とチョコチップをトッピングするくらい甘い！」

びくり、としてしまうアリア。

「いいですか。大昔は血族間で婚姻など当たり前でした」

「それは大昔のことでは……」

「北部では未《いま》だ古代の風習が残っています」

「ふたりとも今は王都の住人です」

「マリーがなにを言いたいのかと言えば、そのように消極的な姿勢では恋愛という戦争に勝てないということです。運よく妹ちゃんが自滅したとしても、どこの馬の骨とも分からない令嬢が現れ、かっさらわれるかも」

「はあ……、そうなのですか」

「リヒトは物件で言えば一〇ＬＤＫ・三〇〇平米・ウォークインクロゼット・サンルーム・ジェットバス付き。家賃《せいかく》もよく、最高にコスパがいいのですから」

「それは分かります。わたくしはリヒト様の内面をお慕い申し上げているのですから」

「ならば相思相愛になりたいのでしょう」

「……おこがましいです」

「おこがましくなどありません。ええい、面倒です。ともかく、日曜の予定はすべてキャンセルし、リヒトとデートをしていただきます」

「わたくしがリヒト様と⁉」

「そうです」

「しかし、ご迷惑では……」

「そんなわけありません！」

マリーはそのように断言すると歌劇俳優のような動作でアリアの髪に触れる。

「お手入れを欠かさないこの銀糸のような髪はまるで月のような輝き」

さらにくるりと輪舞曲のように回転するとアリアの目を指さす。

「その美しい瞳はサファイアのように蒼《あお》く、南洋の海のように澄んでいる」

さらに二枚目俳優のようにアリアの顎に手を触れると、くいっと持ち上げる。

「その桜色の唇は殿方ならば誰しもが奪いたくなるほど魅力的です」

アリアは過剰な演出に圧倒されるが、どうやら自分は異性には魅力的に見えるらしいと気づく。

「要はその武器を使ってリヒトを虜《とりこ》にするのです」

「そのようなこと、わたくしにできるのでしょうか……？」

「できます！　させます！　実現させてみせましょうとも」

マリーは最後に華やかにステップを踏み、窓辺に近づき、空を指さす。

「あの沈まぬ太陽に誓ってこの軍師マリーが恋のキューピッドになってみせましょう」

興奮マックスのマリーであるが、アリアは若干冷静だった。

（……今は夜でお月様だけどそこは突っ込まないほうがよさそうね）

そのように纏《まと》めると、頼りになるメイド兼軍師兼友人にすべてを委ねることにした。

†

朝、学院に登校すると自身の下駄箱《げたばこ》に手紙があることに気がつく。

それ自体、珍しいことではない。

下駄箱に恋文が入っていることなど、日常茶飯事だからだ。

俺はいつものように読まずに処理しようとするが、横にいたメイドが「読まないんかーい！」とハリセンで突っ込んでくる。無論避《よ》けるが。

「あんた、さいてー！　女の子の気持ちを踏みにじるなんて」

「最初の頃は丁重に読んで対応していた」

それが免罪符となるかのように弁明する。

「しかし毎週、三〇通以上の手紙を読まされ、返事をする身にもなってみろ。だから剣爛《けんらん》武闘祭の後夜祭のとき、スピーチしたんだ。今後、あらゆる手紙は破棄すると」

「ああ、たしかに言ってたわね」

「それでだいぶ手紙が減ったんだがな。それに手紙を選別して読むか読まないか決めるほうが不誠実だろう」

「むう、たしかに」

「こういうのは一律で対応したほうがいいんだ」

そう言って手紙を纏めて捨てようとするが、マリーは諦めない。

「待って！　全部が恋文とも限らないでしょう」

「恋文じゃなければ果たし状だな。嫉妬も日常茶飯事だ」

「たしかにあんたを逆恨みする男子生徒は多いけど、全部がそうとは限らないでしょう。今日に限ってなにか違いを感じない？」

「違い？」

封筒を確認するが、たしかに違和感を覚えた。

「そういえば恋文にしては落ち着いているし、果たし状にしては猛々《たけだけ》しくないな」

「さすがね」

「護衛は細かなことに気がつかねばやっていられないしな」

「他にも気がつくことがあるでしょう?」

「品のある高級な封筒を使っているな。ご丁寧に封蝋《ふうろう》までしてある」

「その封蝋に注目しようか」

「ラトクルス王国の紋章だ」

「さすリヒ」

「しかし、この学院は王立学院だ。特別に王家の紋章を使うことが許されている。つまり学院関係者ならば誰でも――」

「ああ、もう御託はいいから開けろ！」

クナイをふたつ取りだし、X斬りをかましてくる。

リヒトは器用にそれを利用し、ペーパーナイフ代わりにすると手紙を見る。親愛なるリヒト様へで始まる手紙の差出人は敬愛するアリアローゼだった。

「アリアからの手紙？　今さら？　四六時中一緒にいるのに？」

そのような疑問を口にしながら差出人を観察すると、彼女は頰を染めていた。

「熱があるのか⁉　──だからこのような奇行を」

俺はアリアを抱きかかえ、医務室へ連れて行こうとするが、マリーに怒られる。

「ええい！　もう、突っ込み疲れたわ！　それはアリアローゼ様の恋文よ。あんたへの気持ちを綴《つづ》ったもので、今度、デートしようってお誘い」

「なんと」

アリアに視線を送るが、彼女は恥ずかしげにうつむいていた。

「しかし、主《あるじ》と家来がデートするなんて聞いたことがない」

「その口ぶりだとアリアローゼ様とデートするのはやぶさかではない、と」

ふむふむ、とマリーは自身の尖《とが》り気味の顎に手を添える。そしてわざとらしくぽんと手を打つと、「じゃあ、こうしましょう」と提案してきた。

「古今、主と家来がデートをすることはないけど、主は主でいつかデートをしなければいけない」

「そうだな。王族の責務は子孫を残すことだ」

「家臣であるあんたは王族を補佐する義務がある」

「それも間違っていない」

「じゃあ、練習でデートする義務があるはず」

「なぜそうなる」

「将来、アリアローゼ様が他国の王子様とデートをする機会があるかもしれない。そのとき粗相したら国事に関わるでしょう」

「むう……」

論法としては間違っていないというか、正論だったので反論は難しかった。

「まあ、そう深く考えないで。これは息抜きよ、息抜き。日頃、忙《せわ》しなく勉強と政治で駆け回っているアリアローゼ様へのサービスだと思って。それに〝義務〟は嫌いかもしれないけど、〝権利〟は好きでしょう。アリアローゼ様を幸せにする権利を行使すると思いなさい」

そのように強引に纏められ、俺は主であるアリアとデートをすることになった。

†

デート当日、朝からめかし込む。

マリーがびしっと指さす光景を思い出したからだ。

「女の子とデートするときはお洒落《しゃれ》をするもの。いつも通りの格好で来たらしばくわよ」

そういう概念は知っていたので、素直に従うが、俺は私服を持っていない。

正確に言うとエスタークの城を出奔したときの服はあった。旅人の服だ。しかし、とてもお洒落とは言えない。

「機能性重視だからなあ」

というわけで待ち合わせ時間の前にアランの仕立屋に行く。

「あら、珍しいわね」

同性愛者の仕立屋アランは腰をくねらせながら驚く。

「王都で知っている洋服屋はここしかないんだ」

「ここはお高いわよ」

「……そうなのか。まあ、王室御用達《ごようたし》の店だしな」

「そ、でも、あたしとリヒトの仲、特別プライスで売ってあげる」

「それは有り難《がた》い――」

と言いかけて尻を押さえる。アランは美少年の尻を触るのが好きだからだ。

しかし意外にもアランは上機嫌で服を物色するだけで、俺の尻には目もくれなかった。

どこか身体《からだ》の具合が悪いのだろうか、と心配していると、彼（彼女？）は唐突に言った。

「デートの相手はお姫様でしょ」

「分かるのか」

「あんたがデートしようなんて女、この世界にひとりしかいないもの」

「そうだ」

なんのてらいも照れもなく認める。

「俺自身、ぼろを纏っていても気にしないのだが、彼女は王族だ。恥をかかせるような格好はしたくない」

「いい心がけね。というわけでこれはいかが？」

アランが提案してきたのは真っ白な襟付きのシャツと、黒いズボンだった。

「意外と普通だ」

極楽鳥の羽があしらわれたシャツや熱帯魚を何万匹も殺して作ったかのようなズボンが堂々と飾られていたので心配していたのだが。

「この店は変わりもので有名なレディ・ジジから、フォーマルな紳士までやってくるからね。今日のあんたに必要なのは気取った服装ではなく、カジュアルなもの」

「有り難い」

「ちなみにカジュアルと言っても素材は最高級で、仕立ては王都一のものが行ったのよ」

「ああ、あんたの仕立ては最高さ」

剣爛武闘祭の後夜祭で着たフォーマルなスーツは寸分の狂いもなくぴったりとフィットし、最高の着心地だった。

試着することさえなくその服に決めると、代金を置き、試着室で着替え、出陣する。デートというものは男と女の戦争のようなもの、とアランとマリーが言っていたからだ。

「でも笑顔は忘れちゃ駄目よ。海だから」

「海？」

「うーみッ、って発音して御覧なさい」

「うーみッ」

素直に従う。

口の動きと筋肉が同期して自然と笑顔になる。

「ほうら、素敵な笑顔になった。その笑顔にとろけない女はいないわよ。あとは焦《あせ》りすぎて連れ込み宿に連れ込むタイミングを間違えないように」

やくたいもないアドバイスだが、素直に従うと、礼を言って約束の場所へ向かった。


約束の時間より一時間早く来たのは習性だった。

相手を待たせてはいけない――という性格だからではなく、護衛としての習性で、周辺の安全と地形を把握しておきたかったからだ。右手には花束を持っているが、実はボウガンを仕込んである。右手を伸ばすと短剣が飛び出る仕掛けも。神剣類は帯びていないが、亜空間からいつでも呼び出せるので叛徒《テロリスト》どもが出てきても対処することができた。

辺りをキョロキョロと見回しながらアリアを待つ俺は、どう考えても浮いているようで、往来の人々の注目を浴びていた。その姿を見て遙《はる》か後方から双眼鏡で様子をうかがっていたマリーは、

「なんて無粋な男……」

と呆《あき》れたそうだ。事実なので反論しないが。

そもそも俺は待ち合わせ自体に懐疑的であった。

「同じ学院に通って同じ敷地《しきち》で暮らしているのに、なぜ、わざわざ街で待ち合わせなどしなければいけないのだろう」

一応、それにも理由はあってマリーは得意げに言っていた。

「デートと言ったら待ち合わせっしょ。彼女はいつも時間通りに来るのに、今日はちょっと遅れているな。なにかあったのかな。そして、はあはあと息を切らせて走ってくる彼女。遅れてごめんなさい。いや、俺も今来たところさ。それにしてもその服、可愛《かわい》いね。あなたのために選んでいたら遅れてしまって——」

までがセットらしい。果てしなくどうでもいい小芝居を思い出すと頭痛がしてくるが、たしかにアリアにも息抜きは必要だし、街を視察するのも王族の仕事、と割り切ってデートごっこに付き合うことにする。

周辺の安全確認を終えた俺は花束を持ったまま待っているが、アリアは遅れてやってくることはなかった。それどころか約束の時間よりも三〇分も前に現れる。なんでも一秒でも遅刻したくなかったそうな。ある意味俺と同じ気質なようで似たもの同士と笑い合う。

彼女は真っ先に花束に視線をやり、

「素敵なお花です」

と笑顔で言った。

「これを渡すのは最後の最後」

「まあ、紳士。女性に荷物を持たせないのですね」

「いや、ボウガンを仕込んであるからさ」

アリアはそれを冗談と受け取ったようで、

「うふふ、今日のリヒト様はユーモアも最高です」

と笑った。

冗談ではないのだが、と思ったが、このことにはそれ以上触れず、〝デート〟を開始する。アリアが腕を組んでくるが、それは拒否する。

「…………」

アリアは泣きそうな顔になったが、弁明する。

「いや、腕を組むのが厭《いや》なのではなく、左腕を組んでほしいんだ。万が一、敵襲があった場合、利《き》き手を空けておきたい」

「なるほど。リヒト様らしいですね」

再び笑みを漏らすと左側に移動し、腕を組んだ。今度は胸も押し当ててくる。特別な意図はなく、アリアはエレンよりも胸が大きいので必然的に当たってしまうだけのようだ。

胸という授乳器官は男にはないものなので、興味がないわけではないが、俺は紳士なのでできるだけ意識しないようにしながら歩き始めた。

デートとは男女がどこかに遊びに行くことを指す行為。辞書ならばそのように書かれているだろう。仕立屋のアランならば男女という部分に食ってかかるだろうが、世間ではそういうことになっている。

だが俺はデートなるものをしたことがないので、どこに行っていいかまったく分からなかった。アランいわく、連れ込み宿は裏路地にあるらしいので、そこだけは避けるように歩いているが、困った俺はマリーに貰《もら》った手紙を開く。

「朴念仁のあんたのことだから、すぐにデートに行き詰まると思うけど、困ったらこの手紙を読むように」、と複数の手紙を渡された。

さっそくだがそれを開く。

「デート開始三秒で困るのは想像の範囲内だった――」

で始まるのは見透かされているようで癪《しゃく》であったが、藁《わら》にもすがりたい気持ちなのはたしかなので手紙を読み進める。

「そもそも待ち合わせをした時間に意味があるか考えなさいよ。正午に集まったんだから相手はおなかがすいているはず。小洒落《こじゃれ》たレストランかカフェでランチなさい」

おお、そうか、と思った俺は先ほど周囲を散策したときにカフェがあったことを思い出す。たしかあそこはクラスの女子生徒が話題にしていたところだ。ガレットなる小洒落たものを出す店だったはず。

さっそくアリアに「ガレットでも食べようか」と提案すると彼女はにこりと微笑《ほほえ》む。

「女子たちの間で流行《はや》っていますね。──でも、ガレットではおなかに溜《た》まりません」

と街の定食屋を指さす。

安くても美味《うま》くてボリュームが多い店だ。女子の姿は皆無で労働者たちでごったがえしている。

変わった趣味のお姫様──、というわけではないだろう。気遣いに満ちあふれた彼女は、俺の胃袋がクレープの従兄弟《いとこ》のようなガレットでは満足できないと察してくれたのだ。たしかにあのような薄っぺらい食べ物を食べても俺の胃袋が満足するはずがなかった。

「しかし、初デートでこのようなところは……」

マリーの手紙にも注意喚起がされていたが、アリアは微笑みながら言う。

「わたくしは市井《しせい》育ちですよ。幼き頃はこのようなところで食事していました。久しく小洒落たものしか食べていないので昔を懐《なつ》かしみたいです」

そのような論法で俺を説き伏せる。なんと優しい姫なのだろうか。ほんのりと感動した俺は定食屋に入り、山盛りのミートスパゲティとラトクルス風豆スープを注文した。アリアの顔よりもうずたかく積まれているが、これで一人前である。

ふたりでシェアし、九割は俺が食べたが一割でもアリアにしては食べたほうだろう。なんでも今日は気分が上がっているので食欲が満ちあふれているそうな。

とてもよいことだ。俺はお代わりを注文すると、それも速攻で平らげ、「ごちそうさま」と手を合わせる。ちなみにもう一杯いけるが、〝腹八分目〟が俺の座右の銘であった。

デザートは別腹なのでふたりでアイスクリームを注文すると、そのままテラスに出る。川にせり出したオープンスペースでアイスを食べるのだ。

立って食べるのははしたないが、今日のお姫様はただのＯＣ（王立中等部生）、市井の娘みたいなことをしたいのだそうな。アイスの容器をコーンにするだけで果たせる望みなので、叶《かな》えて差し上げると、アリアはにこりと微笑み、核心に触れてきた。

「リヒト様は十傑になられるつもりはないのですね」

「もちろんだ。俺はアリアローゼの騎士だからな」

「その忠誠心は嬉《うれ》しいですが、十傑になれば下等生《レッサー》の不名誉をそそげますよ」

「そそぐもなにも下等生《レッサー》にはみずからの意志でなった」

「嘘《うそ》。目立つと護衛の仕事に支障が出るからです」

「かもしれないが、名誉など不要だ」

「名誉があれば落とし子と蔑まれずに済むかもしれませんよ。――わたくしは王族ではありますが、無能者、妾腹《めかけばら》と陰口を叩《たた》かれています。もしも十傑入りする実力があれば、それらの汚名とは無縁でいられたかもしれません」

「かもしれないが、主《あるじ》であるアリアローゼ・フォン・ラトクルスがそれに耐えているんだ。その騎士が耐えられないとあったら世間の物笑いとなる」

「……リヒト様」

「気遣いはなによりも嬉しい。だが、姫様はなにも気にするな。ただ思うがままに生きてくれ。この国を改革するもよし、貧しいものたちに救いの手を差し伸べるのもよし。こうして普通の女の子として生きるのもありだ。ただ、どのような道を選んでも、全力で俺が護る。君の騎士として、生涯、君を護ることを誓う」

主の前にひざまずくと、アリアは女王のように気高く俺の決意を受け入れてくれた。

その後、遊園地、王都のシンボルの時計台、風光明媚《めいび》なリバーサイドを散策し、デートを続ける。その都度、マリーの手紙を読み、合間に買い食いをしたのは言うまでもないが、最後のデートスポットが終わると、マリーから与えられた手紙が残り一通となる。

「これは最後の最後に読むのよ！」

と注意されていた手紙だ。きっとろくでもない内容に違いないと思ったが、読まないわけにはいかないので開く。

すると彼女らしい文言で、

「デートの最後がチューっしょ、チュー！」

と書かれていた。

キスをしろ、という意味なのだろう。まったく、あのメイドは、と思った。ちなみにこの指令を実行しないとアリアを寮に入れない、と脅し文句まで付け加えてある。主になんということをするメイドなんだ、と思ったが、マリーの性格ならばありそうだ。

俺はきょとんとしているアリアを見つめる。

彼女の唇はリップを塗っていないのに桜色に煌《きら》めいていた。天使のように魅力的で、悪魔のように蠱惑的《こわくてき》な唇だった。思わず見入ってしまうが、俺は彼女の家来にして護衛、今日のデートはあくまで〝予行演習〟なのだ。

そのような結論に達した俺は、一計を案じる。

アリアをとある場所に連れて行ったのだ。

そこは恋人たちの定番のデートスポットで、〝チュー〟がいっぱいいた。

デートを終えてアリアローゼが寮に戻ると、仁王様のように待ち構えていたマリーが尋ねてきた。

「アリアローゼ様、儀式は済ませましたか？」

神妙な面持ちで尋ねてくるが、アリアは意図をはかりかねた。

「儀式とはなんですか？」

「チューですよ、チュー。チューはしましたか？」

「はあ、チューですか……」

なにを言っているのだろう、と思ったが、アリアはリヒトと最後に訪れた場所を思い出す。

「ああ、チューですか。いましたよ。たしかにいました。とても可愛かったです」

「可愛かった、ですか。格好いいとか素敵ではなく？　――まあ、リヒトが緊張しながらすればそう見えることもあるか」

そのように納得すると、マリーは快くアリアを迎え入れた。

さて、このような会話を聞くと、リヒトとアリアが接吻《キス》をしたようだが、実はしていない。

リヒトの計略が成功したのだ。

リヒトが最後にアリアを誘った場所は、いわゆる動物カフェだった。その中でもハムスターやモルモットと触れ合えることを売りにしたカフェで、若い女性に大人気だった。

チューチュー鳴く齧歯類《げっしるい》と触れ合ったことをキスと勘違いさせる作戦は見事に成功したのである。


「はあ、チューがいっぱいで幸せでした」

「そんなにいっぱい、チューするなんて、意外と積極的なのね、どきどき……」


認識が嚙み合うことのないふたり。この誤解は生涯続く。

こうして俺とアリアの初デートは見事に成功するが、このような幸せな日常の裏で暗躍するものがいた。

アリアが住まう特待生《エルダー》の寮を観察するのは、彼女と敵対するバルムンクに雇われた寮生。

彼女は魔法の通信機器のようなもので報告する。

「アリアローゼが寮に戻ってきました」

通信相手は冷徹な声でご苦労、と言う。

ちなみに彼女のような密偵は学院にたくさんいる。

バルムンク侯爵の権力と財力は、この国では最上位なのである。いくらでもスパイを養成できた。それに彼に忠義を尽くす執事はこの手の謀略に強く、学院にスパイ網を構築していた。

アリアローゼと敵対するバルムンク派の魔の手は確実にアリアローゼに迫っていたのである。

第三章

衝突する忠義

最強不敗の神剣使い 3

十傑にスカウトされながらも日々、勉学にいそしみ、アリアの護衛にも精を出す。ある意味、俺の日常は充実していたが、その姿を陰から見つめるものがいる。彼は使い魔である鷹《たか》に俺を監視させていたようだ。

†

ただし彼自身は魔術師ではない。ただの執事である。

禿頭《とくとう》にぴったりと身体《からだ》にフィットした執事服。そのたたずまいは華麗にして涼やかで、執事になるために生まれてきたかのような男であった。

事実、彼はこのラトクルス王国でも一番の執事であった。

とある王家に近しい公爵家の当主が彼を気に入り、金貨一〇〇〇枚でスカウトを試みたが、彼は僅かばかりも逡巡《しゅんじゅん》することなく断ったという。

彼の主であるランセル・フォン・バルムンクにはその三倍の額の移籍金が用意されたというが、彼は一笑にふしただけだった。

そのような逸話があるふたりゆえ、その絆《きずな》は荒縄よりも太く、なにものにも断ち切ることはできない。それは周知の事実であり、本人も自覚していることだった。

執事のハンスは主と出会ったときのことを思い出す。

あれはまだハンスが若かりし頃だった。当時のハンスはラトクルス王国山間部の貧しい貧農の五男坊で、ろくに勉強することもできず、兄たちからも虐《しいた》げられていた。このまま村に留《とど》まっても冷や飯を食わされ続け、馬鹿にされる人生が待っている。

そう思ったハンスは生まれ故郷を飛び出すと、新天地を求め旅立った。

初めて見た村以外の大きな街。当時のハンスは興奮し、高揚したことを覚えている。

しかしなんの縁故も教養もない貧農の五男坊が街で食べていくのは不可能であった。職人や大工たちは組合《ギルド》を結成し、既得権益を作り上げていたし、当時は不況で、低賃金の日雇い人夫の仕事すら取り合いの状態であった。

ハンスは酒場でうだつの上がらない〝同類たち〟を見つめると、未来の自分を想起し、心底厭《いや》になり、盗賊になることにした。街から街に渡る隊商を襲う計画を話していた荒くれどもに近づいたのだ。

「人殺し以外ならばなんでもやる。だからおれを仲間に入れてくれ」

悲壮な決意と成り上がりたいという熱意を感じ取ってくれたのだろう。彼らは快くハンスを迎え入れてくれた。

こうして盗賊となったハンスであるが、当初から人殺しと婦女子を辱《はずかし》めることだけはしなかった。生まれつき倫理観が高かったわけではない。ラトクルス王国の法律で殺人と婦女暴行は死刑になる可能性があったからだ。無学ではあったが、そういった計算には長《た》けていた。金銭を奪うことに躊躇《ちゅうちょ》はなかったが、死刑になるのはまっぴらだった。

ただ仲間たちは違った。彼らも食うに困って盗賊になった輩《やから》であるが、生まれつき品性を備えていなかったのだろう。命乞いをする商人を殺し、旅芸人の娘を辱めた。彼らはそれを悔いるどころか参加しないハンスをあざ笑い、小馬鹿にする有様《ありさま》だった。

いつか報いを受けるぞ。心の中でそう思ったが、口にはしなかった。ハンスのような存在は盗賊団では少数派だったのである。ただ、その〝報い〟をハンス自らが実行する羽目になるとは夢にも思っていなかったが。

王都と山間部を繋《つな》ぐ街道を荒らし回っていた盗賊団。王都の治安維持騎士団や護民官たちの目も厳しくなってくる。そうなれば稼ぐ場所を変えるしかない。盗賊団の頭目はそのように言うと新入りに地図を持たせた。そして彼に向かってダーツを投げる。

一撃目は彼の右腕に刺さった。新入りは文句を言うことなく歯を食いしばる。この盗賊団では頭目の権力は神にも等しいのだ。

頭目は下卑た笑い声を漏らしながら、「すまない、すまない」と言い、二発目のダーツを地図に刺す。ダーツが示したのはバルムンク地方であった。

頭目は豪快に言い放つ。

「おお、豊饒《ほうじょう》の地バルムンクではないか。大儲《おおもう》けができそうだ」

彼の腹心も追従する。

「先代のバルムンク侯爵は病に伏しており、代理で年若い長子が統治しているそうです」

「耳が早いな」

さすがだと褒《ほ》め称《たた》えると、頭目は言った。

「これは天佑《てんゆう》だ。我ら義勇盗賊団に恵みを与えてくださる神の取り計らいに違いない。我々はバルムンク地方に移動するぞ」

盗賊団のものたちも付近での稼ぎの限界を感じていたし、治安維持騎士団が間近に迫っているという情報も得ていたので誰ひとり反対するものはいなかった。ただ、ハンスだけは言い知れぬ不安を感じていたが。

（……バルムンク侯の長子は年若いながら英邁《えいまい》と聞く。治安維持騎士団よりも厄介なのでは）

そう思ったが口にすることなく、頭目たちについていった。それ以外の選択肢はなかったのである。

バルムンク地方での稼ぎは当初の見積もりの二倍ほどであった。それだけバルムンクの地が豊かだということだろう。盗賊たちは大喜びし、高揚した。

「こうなれば隊商を襲うなどというちまちましたことはやっていられない。村ごと襲うぞ」

ある日、頭目がそのように宣言した。――それが彼らの命運を分けた。

盗賊団は小さな村に狙いを定めると、深夜、四方から村を襲撃し、略奪の限りを尽くした。女子供はもちろん、犬猫にさえ容赦のない無慈悲さにハンスは目を背けた。

（――もういやだ。盗賊団などやっていられるか）

ハンスは心の底からそのように思うようになっていた。頭目に恩情をかけられ、盗賊団が稼いだ金で飯を食っているのにもかかわらず、だ。しかし、その僅かばかりの羞恥心と高潔さがハンスの命を救った。

頭目が妊婦の腹を割き、愉悦を浮かべていると、周囲に忽然《こつぜん》と明かりがともった。村の上空に巨大な蛍が現れたのだ。

無論、それは本物の蛍ではなく、魔術師が作り上げた《照明》の魔法であった。

そして四方から聞こえる馬の鳴き声。

盗賊の誰かが言った。

「あれはバルムンク家の紋章！」

生き残った村人たちは天に感謝した。自分たちの領主の来訪を心の底から歓迎した。

一方、盗賊たちは驕《おご》っていた。今までの成功体験が彼らに慢心を与えていたのだろう。正規の騎士団に包囲されているのにもかかわらず、逃げることよりも彼らとの戦闘を望んだ。

「騎士の武具となれば目玉が飛び出る額になるぞ。領主を人質にすれば身代金《みのしろきん》もたんまりだ」

頭目はそのように手下たちを鼓舞したが、バルムンク家の騎士たちはあっという間に盗賊団を取り囲み、駆逐していく。見事な槍《やり》さばきで盗賊の胸を貫き、剣で首を刎《は》ねた。

元々、食いっぱぐれた農民の集まり、士気とは無縁の連中なので、逃げ惑い始めるが、蟻《あり》一匹逃さぬほど完璧に包囲されており、逃亡は不可能だった。

盗賊のひとりは叫ぶ。

「バルムンク家の若造は無能じゃなかったのか！」

「聞いていた話とは違う！」

暗に頭目の判断ミスをなじるものもいたが、そのものは即刻、頭目に首を刎ねられた。

「うるせえッ！　文句を言う暇があったら戦え！」

頭目は叱咤《しった》するが、彼は聖者の徳で盗賊たちの心を摑《つか》んでいたわけではなかった。ひとたび劣勢に立たされれば日頃の言動が響く。盗賊たちは誰ひとり懸命に戦うことはなかった。いや、それどころか、「もうやっていられるか！」と誰かが叫び、剣を捨てると、雪崩《なだれ》を打ったかのように降伏し始める。

騎士団が現れてから一〇分ほどの出来事であった。

バルムンクの騎士たちは盗賊を捕縛すると、彼らの主《あるじ》がやってくるのを待つ。先頭に立ち誰よりも盗賊を斬り殺した男、次期バルムンク家の当主ランセルを待った。

立派な駿馬《しゅんめ》に乗ったバルムンクは返り血で真っ赤に染まっていたが、汗ひとつかいていない涼やかな顔をしていた。その武力もだが、胆力も並外れたものがある。ハンスは一目で彼の実力を認識した。そしてその高潔で冷徹な心も。

バルムンクは捕縛した盗賊の顔をひとりひとり見つめると、

「こいつとこいつは死刑」

と、指をさし、その場で裁判を始めた。

盗賊は通常、全員が死刑のはずであるが、バルムンクは〝人殺し〟に手を染めていないものに慈悲をかけたのである。結果、雑用係の少年と歯が抜け落ちた老人だけは死刑を免《まぬが》れた。彼らはバルムンクに感謝を捧《ささ》げ、地に頭をこすりつける。

バルムンクはそれを無視すると最後にハンスの顔を見つめる。

雑用係の少年と老人は見るからに善人であり、人を殺す能力も欠けていたが、ハンスは違った。すさんだ顔をしていたし、なによりも人を殺す能力に長けていた。盗賊団で一番の剣の使い手だったのだ。

（……おれの命運もここまでか。まあいい、どのみち糞《くそ》のような人生だった）

目を瞑《つぶ》り、過去と向き合うが、意外な言葉を若きバルムンクは言い放った。

「――このものは死刑にあたわず」

騎士たちは平然とその言葉を受け取り、ハンスの縄を解《ほど》く。

その言葉に一番動揺したのはハンス自身だった。

思わず叫んでしまう。

「なぜだ⁉　なぜ、おれを死刑にしない？」

「おまえは人を斬ったことがないだろう。ならば死刑にすることはできない」

「たしかにそうだが、なぜ見ただけで分かる」

「面構《つらがま》えを見れば殺人者か否《いな》か分かる。快楽のために人を殺す人間は例外なく醜い」

バルムンクは盗賊たちを見つめると「反吐《へど》が出る」と言い放った。

「……ありがとう……ございます……」

ハンスは若きバルムンク侯爵の度量と見識に深く感銘を覚え、頭を下げたが、バルムンクはハンスが思ったような人物ではなかった。

バルムンクは盗賊たちの罪状を読み上げると、裁判の上、即刻死刑を言い渡す。そしてその実行をハンスに委ねた。

「なッ⁉　お、おれに仲間を殺せと言うのですか」

「そうだ。おまえ自身は人々を殺していなくてもこいつらは違う。こいつらは罰として命を捧げ、おまえの罪はこいつらの血で洗い流せ」

「…………」

ハンスが無言でいると、バルムンクは従者に剣を持ってこさせる。それをハンスの足下に投げ落とすと、

「やれ」

と言った。

畜生とはいえ先日まで同じ釜の飯を食った仲間、「はい、そうですか」と斬り捨てることはできない。逡巡《しゅんじゅん》しているとバルムンクは言葉の代わりにもう一本の剣を投げ捨てた。ハンスの仲間に渡したのだ。そしてこう言った。

「生き残ったほうを無罪にしよう。もしも神がおまえを許すのならばこの男に打ち勝てるだろう」

その言葉を聞いたかつての仲間はなんのためらいもなく、ハンスに斬りかかってきた。

やつは同じ時期に盗賊団に加入し、同じ苦労をともにしてきた仲間だった。

友ともいうべき男が斬りかかってきたとき、ハンスの中でなにかが切れた。

ハンスは躊躇することなくかつての友を斬り殺す。ハンスの顔が鮮血で染まる。そのときハンスは知った。無辜《むこ》の民の血も、悪党の血も、友の血も、そしておそらく自分の血さえも同じ色だということを。

ハンスは恍惚《こうこつ》の表情をする。

人の命の軽重、人生の哲学、あらゆることが天啓のように降り注いできたのだ。

その後、ハンスはかつての仲間たちを全員処刑すると、改めてランセル・フォン・バルムンクの前に跪《ひざまず》き、彼の臣下になれるように願った。

ランセルは僅かばかりも逡巡することなく同意すると翌日、ハンスのために皺《しわ》ひとつない服を用意した。

執事服だ。

貧農の五男にして盗賊崩れであるハンスが、由緒《ゆいしょ》あるバルムンク家の執事に抜擢《ばってき》されたのだ。

バルムンク家の使用人たちは騒然とするが、次期当主であるランセルの決断に間違いがなかったことをすぐに知ることになる。

無学で無教養だったハンスは、一年かけてあらゆる礼節と教養を身につけると、ラトクルス王国一の執事であると誰しもが認める存在となる。そしてハンスは終生、ランセルに忠誠を尽くし、その覇業を支えることとなる。

盗賊のときは人を殺すことのなかったハンスであるが、執事となったハンスは、主のためならばその手を血で汚すことも厭《いと》わなくなっていた。

†

リヒト・アイスヒルクがいる限り、アリアローゼを誘拐するのは不可能。それはリヒト自身が自負することであったし、バルムンク家の忠実な執事ハンスも理解することであった。

学院の生徒に魔の力を与えても、老木と呼ばれる暗殺者集団を用意しても、究極生物兵器を用いてもアリアローゼに指一本触れることができなかったのだ。

それ以外に大小様々な方法で誘拐や暗殺を試みたが、その都度、失敗していた。ハンスはそのたびに確信を深めた。

「最強の下等生《レッサー》の異名は伊達《だて》ではない」

と。

ハンス自身、学はないが頭は回るほうで、いつまでも同じ失敗を繰り返すことはなかった。

ハンスは学院教師に金品を渡すと、「課外授業でもしてみれば」、と〝提案〟する。バルムンク家の執事の意向は当主の意向と勘違いをした教師は揉《も》み手《で》でその提案を受け入れた。

ちなみにこの作戦はハンスの独断であるが、末端の手駒がそのようなことを知る必要はなかった。彼らはただ黙って言うことを聞けばいいのだ。それ以上のことは期待していなかった。

「――主のためには主の望まぬこともする。仮にそれによって不興を買っても本望だ」

そのように独語すると主のため、最後の一押しをする。

その日の午後、俺は学院の外でアリアローゼが誘拐された、という報告を受けた。

マリーが息を切らしながらそう言い放ったのである。

その報告を聞いたとき、「まさか」という思いよりも「やはり」という気持ちのほうが強かった。

その日の朝、プログラムに記載されていなかった課外授業があると教師に宣告されたときから厭《いや》な予感はしていたのである。

課外授業自体は珍しくないが、男子と女子が隔離されることは想定外であったのだ。

俺はアリアローゼの騎士、常にそばに寄り添い護衛をしている。学院もそれを知っていたし、許可も得ていた。ゆえに離れ離れになるような授業は拒否できる、と約束をかわしていたのだ。

教師いわく王立学院の男子は男らしく山で柴刈《しばか》り、女は女らしく川で洗濯、という趣旨らしいが、そんな課外授業に意味があるとは思えなかった。

しかし、その課外授業には意味があったのだ。

俺と姫様を分断するという意味だ。

それに見事にはまってしまったのは浅慮というしかない。

ただ、言い訳をさせてもらえれば、俺は最初拒否した。アリアローゼから離れることはできない、単位がもらえなくてもいいからサボらせてもらう、と教師に言い放った。

しかし、なにかと教師陣にも目をつけられている俺。アリアは俺の立場を慮《おもんぱか》って「たまには女子同士で親睦を深めとうございます」と別々の授業を受けましょう、と提案した。

主の言葉は絶対であったし、油断もしていた。この数ヶ月、姫様を襲うよからぬものもいなかったのだ。それに「マリーにまかせんしゃい」と力こぶを作るメイドの勧めもあって別行動に踏み切ってしまった。

それが失敗だったわけであるが、致命傷となったわけではなかった。

誘拐者である悪漢どもは、

『安心しな。姫様には指一本触れない。それどころか指定した場所に〝ひとり〟で来れば姫様を返してやる』

と書かれた手紙を置いていったのだ。

分かりやすい罠《わな》ではあるが、アリアローゼを拐《かどわ》かされたままにしておくわけにはいかない。

それにバルムンクは悪であるが、卑劣ではない。その言葉は信じるに値する。

そう思った俺は彼らの指示に従うことにする。

両腰の聖剣と魔剣をマリーに預ける。

彼らの置き手紙には、〝神剣〟はたずさえずにやってこいとも書かれていた。マリーもそのことは知っていたので神妙に受け取る。

「……ごめん。マリーのミスで」

「気にするな。神剣などなくてもなんとかなる」

聖剣ティルフィングは『ワタシたちを〝など〟扱いするな』とおかんむりであるが、グラムは冷静に『武運を祈る』と言った。

亜空間に置いてあるエッケザックスもマリーに預けると、俺はひとり、指定された場所に向かった。


バルムンクが指定してきたのは王都郊外にある平原であった。

平原ならばこちらは伏兵を連れてくることができないと分かっているからだろう。兵法の心得もあるようだ。ただし、向こうの戦力も丸わかりであるが。

敵の数は三〇名ほど、野盗崩れや傭兵《ようへい》のように見える。正規軍は導入しなかったようだ。

それはそうか。一国の姫様を正規軍を使って拐かしたとなれば、侯爵といえどもただでは済まない。そのような感想を漏らしながらやつらの前に堂々と現れる。

「ひとりで来たようだな」

禿頭《とくとう》の執事は感情をこめずにそのような台詞《セリフ》を漏らす。

「置き手紙に指示されていたからな」

「手紙の言葉を信じたのか」

「おまえたちだと分かったからな。おまえたちは悪ではあるが、卑劣ではない」

「ひとりで来てくれた上に、我々の理念を理解してくれて有り難《がた》い」

「理解はしているが、納得はしてないがね。でも、神剣は置いてきた」

「丸腰ではないようだな」

腰に吊《つ》るされた凡庸な剣を見せる。

「それはいい。置き手紙にも剣を持ってこいと書いておいた」

「普通は丸腰で来いと指定するものだが」

「私は栄誉あるバルムンク家の執事だ。武器を持たないものは斬れない」

「なるほど、狙いは姫様ではなく、俺か」

「姫様が天に召される時期は慎重に決めねばならぬ。今、姫様を暗殺すれば姫様を支持する貴族どもが騒ごう。それに国王とて実の娘が殺されれば黙っていられない。愛していなくても面子《メンツ》はあるからな」

「理性があって助かるよ」

「だがおまえは話が別だ。将来、姫様を暗殺するにしても王位継承権を剥奪するにしても、おまえは邪魔だ。必ず我らの前に立ちはだかる」

「もしもおまえたちが姫様を殺したら、生涯をかけて復讐《ふくしゅう》してやるよ」

「そうだろうな。私もランセル様が殺されれば同じ気持ちになる」

「異なる目的の主《あるじ》を持つもの同士、やり合うしかないということか」

腰の剣に手を伸ばす。ハンスも同時に同じ行動をする。すると彼の引き連れていた悪漢どもも同様に剣に手を伸ばす。

「──多勢に無勢に卑怯《ひきょう》、とは言わないでおこうか。兵法としては当然だ。ただ、姫様の安否だけは確認させてほしいのだが」

ハンスも悪党ではないので部下に姫様を連れてこさせる。猿ぐつわをされ、荒縄で縛られていた。

「おいたわしい姿だが、無事でなによりです」

「むむー！」

と、なにか叫んでいるが、姫様のことだから「わたくしのことは放って逃げてくださいまし」とでも言っているのだろう。

その優しい気持ちは有り難いが、主を見捨てるなど有り得なかった。なにせ俺は彼女にアイスヒルクの姓を貰《もら》った男、アリアローゼに絶対の忠節を尽くす騎士なのだから。

もはや血を見る以外有り得ない、そう思った俺は数打ちの剣を抜き放ち、奔《はし》る。

先手必勝、先の先、数が多い以上、後手に回れば不利であった。

まずは手近にいた悪漢ひとりを袈裟《けさ》斬《ぎ》りにする。一応、致命傷は避けたが、それで戦闘不能になったはずだ。次いで真横にいた怯《ひる》んだ男を斬る。

素早い行動に怯む悪漢どもだが、さすがはバルムンク家が雇ったものたち、恐慌《きょうこう》状態にはならなかった。

すぐに体勢を立て直すと、次々と斬り掛かってくる。しかも組織的に。

そうなれば最強不敗の神剣使いとて苦戦は必至だった。そもそも今の俺は〝神剣〟使いですらないが。数打ちの並の剣では最強の剣士の一角程度の実力しかなかった。


なのでアスタールの法則を守る。


アスタールの法則とは彼の書いた戦術書が由来の言葉で、要約すれば兵力差は二倍までならば覆《くつがえ》せるというものであった。

二倍までならば戦い方や地形次第で相手を圧倒できるのである。

エスタークの城に籠もっていたときに書庫で漁《あさ》った知識。

剣術の師匠である〝ローニン〟と呼ばれる東方の剣士の言葉を思い出す。

「敵兵を狭隘《きょうあい》な地形に誘い込め」

広いところで戦えば敵兵に囲まれる。人間の目が前ふたつにしかない以上、後方からの攻撃に弱かった。それはローニン流と呼ばれる剣術を極めた俺でも同じだ。空気の動き、殺気、経験である程度後方からの攻撃にも耐えられるが、それには限度があった。

なので狭い地形を探すが、ここは平原、そうそう都合良く――、あった。

草原のど真ん中に双子のようにそびえ立つ巨木を見つけると、その間に入り込んだ。このふたつの木々を利用し、敵を背後に回らせないように戦う。

最大でも同時に三人、さらに鍔迫《つばぜ》り合《あ》いにならないような立ち回りをしながら悪漢どもを倒していくと、執事のハンスは「ほう」と感心した。

「神剣がなければただの剣士かと思っていたが」

「剣に関してはいささか自信があってね」

一族への劣等感、父への憧憬と葛藤、それらは俺を強くした。

毎日のように剣を振り、修業をしていた。

東方からやってきた〝ローニン〟なる剣士に頭を下げ、剣術の極意を習った。

敗北と負傷覚悟で、父に勝負を挑んだこともある。

傍《はた》から見れば苦行としかいえないような修業をしていたのは、〝強くなる〟ためであった。一族中から疎《うと》まれ、阻害され、命さえ狙われていた自分を守るためであった。

そんな自分を愛し、庇《かば》ってくれる妹を守るためであった。

自分以外の人のために自己を犠牲にできるお姫様に忠節を尽くすためであった。

強くなったのではない、強くならざるを得なかった俺の剣術は〝今〟生きる。

神剣ではない普通の剣、それで三〇倍以上の敵兵を前にしても一切怯むことはなかった。

それどころか砂時計の砂粒が落ちるたびに敵兵は少なくなっていく。

当初の半数以下になったとき、執事服の男は言った。

「私も。――いや、おれも参加せざるを得ないか」

そう言うと彼は執事服のネクタイを取り、上半身をはだけさせる。

「…………」

しばし彼の上半身に見とれてしまったのは、その胸板が分厚かったからだ。もしもジェシカ女史が見れば妄想を膨らませてやまないであろうが、こちらとしては苦戦を想像してしまう。

やつの分厚い胸板には無数の傷があった。刀傷に矢傷、銃弾の痕、鞭《むち》の腫れ痕もあった。

それは彼が過酷な環境に置かれていた証《あかし》であろう。

そしてその環境を生き抜いた証。

それは彼が強敵である証であった。

事実、彼は懐《ふところ》から湾曲した小剣をふたつ出す。それはグルカ・ナイフと呼ばれるものであった。グルカ族という蛮族が好んで使うナイフだ。勇猛果敢なグルカ族は逆湾曲のナイフを使って多くの戦場を血で染め上げてきた。

「……珍しい武器だ。エスタークの城でも見たことがない」

逆湾曲のナイフは形状こそ思春期の少年の心を逸《はや》らせるが、刃を向けられる側に立てばそのような気持ちは消し飛ぶ。

ハンスは右手のグルカ・ナイフを通常の握りで持ち、左のグルカ・ナイフを逆手で持った。

そのような奇異な持ち方をするということは二刀流に自信がある証拠だった。

一刀流では苦戦するかもしれない、そのように思ったが、その予感はぴたりと当たる。

ハンスは残像が残るほどの速度で俺の懐に入り込むと、左手のグルカ・ナイフで斬り上げを行い、右手のグルカ・ナイフで突きを入れてきた。その流麗な動きは舞踏を連想させる。あるいは踊らせれば俺より遙《はる》かに器用に踊れるのかもしれない。

舞うような連撃、それらをなんとか剣でいなしながら反撃の機会をうかがうが、その機会はなかなか訪れなかった。それどころか執事は傭兵たちと連携し、確実に俺を追い詰めてくる。

グルカ・ナイフの一部が俺の頬をかすめる。

皮膚が数ミリ裂け、そこから血液がこぼれ落ちる。もしも毒物を塗られていたらアウトであるが、彼は毒使いではないようだ。

「斬撃を入れられるのは久しぶりだ。あんた、強いな」

「これくらいできなければバルムンク家の執事は務まらない」

「誇らしく言うが、バルムンク家ってのは婦女子を人質にとって交渉を迫るような家風なんだろう」

「……これはランセル様に内密で行っている」

「特別あんたに恨まれることをしたつもりはないが」

「おまえは危険な存在なんだよ。あるいは姫様以上に」

「えらく評価されているな」

「主の覇道を阻《はば》むものはすべて排除する」

「おまえたちが覇道を歩むならば、こちらは王道だ。女王の威徳を以《もっ》て民を救う」

「ぬかせ」

「剣なら今のところ最大で三本まで抜ける」

皮肉で返すと同時に鋭い二連撃が来る。

紅茶を淹《い》れるのも人を殺すのも得意そうである。このままでは俺はこの男に殺されるだろう。なにせ今は神剣の使用が封じられているのだ。その上で俺と同等クラスの剣士と、それなりの傭兵《ようへい》に包囲されてしまえば、勝ち目はなかった。

（――せめて神剣さえ使えれば）

そのように思ったが、それは愚痴でもなければ妄想でもなかった。

俺は神剣を使うための布石を打つ。

俺は彼との約束を守り、神剣をこの場には持ち込まなかった。

信義のためではなく、姫様の無事を確保するためだ。しかし、姫様の安全を完全に確保したあとならば神剣を手にしてもなんの問題もないはずであった。

俺は鋭い二連撃を回避し続けると、タイミングを見計らい言った。

「おまえたち、よそ見をしていていいのか…？」

「どういう意味だ？」

「いや、おまえたちには審美眼がないとは思ってない。ただ、高貴なものと市井《しせい》のものの区別がつかないようだ」

その言葉にピクリと反応するハンス。なにか悪い予感を覚えたようだ。

どうやら彼は俺が最初に倒した一般生《エコノミー》の魔人について心当たりがあるのかもしれない。

あのとき、魔人はアリアローゼではない生徒を拐《かどわ》かした。

彼は部下に、

「王女の猿ぐつわを取れ！」

と命令する。

部下は慌ててその命令に従うが、暗がりで顔の確認は難しかった。そのタイミングで、マリーが現れ、〝王女〟を見せる。そこにいたのはアリアローゼその人であった。

「っく、どっちが本物だ」

ハンスは明らかに戸惑っていた。それはそうだろう。正直、この距離だと俺にも分からない。それほどまでにマリーの化粧技術は高いのだ。

ちなみにマリーが連れてきたのは〝偽者《にせもの》〟だ。以前、アリアローゼに間違えられてさらわれた経験がある少女をここに連れてきたのだ。彼女はふたつ返事で協力してくれた。

「わたしの命は王女様とあなたに救われたのです。今こそ、ご恩返しするとき」

なんの武力も持たない娘がこのような場所に現れるのはさぞ恐《こわ》かっただろうが、彼女は凛《りん》と偽者を演じてくれた。

そのまま捕虜交換してもいいとまで言ってくれたが、そのようなことはしない。彼女には相手を惑わす役割を担《にな》って貰《もら》うだけで、危険な目に遭わせるつもりはなかった。

俺はマリーが持ってきたエッケザックスを受け取ると、それを大上段に構えた。それを見て察しのいい執事は苦虫を噛《か》みつぶす。

「こちらのほうが偽者ということか」

「そうだ」

「しかし、影武者とは考えたな。しかし、優しい王女は影武者の死を望むまい」

そう言うと執事は後方に跳躍し、〝本物〟の姫様の首にグルカ・ナイフを添える。

「神剣を使うのならば首を掻《か》き斬る」

冷静冷徹を装《よそお》う。

「どうぞ。それが影武者の定めだ。その代わりその娘の赤い鮮血が見えた瞬間、おまえごとぶった斬る」

「…………」

「…………」

互いに冷静と情熱の狭間《はざま》のような視線が交差する。

虚実《フェイク》か真実か、計算しているようだ。

執事は俺には主《あるじ》の命を損なうようなことなどできないと確信している。つまりこの娘は偽者。道連れにしてまで殺す価値はないと判断してくれるか……。

それは賭け――ではなかった。俺は確信していた。

バルムンク家の執事は冷酷ではあるが、下劣ではない。主の名誉をなによりも大切に思っているはず。自暴自棄になって娘を殺して自殺するようなタイプには思えなかった。

俺が平静を装うことさえできれば、彼は諦め、矛を収めるはず。

問題なのは俺が最後まで平静を装えるかであった。

本物の主の喉元にナイフを突き立てられて感情を抑えられるかであった。

結果からいえば感情は抑えられた。

しかし、汗腺まで制御できなかった。

俺の額から汗が流れ、右頰を流れる。それを見ればどんなに鈍感な男でも俺の言葉がはったりであると分かるだろう。

自律神経を抑えられなかったことを後悔するが、ここでふたつの幸運が重なる。

角度の関係でやつは俺の右頰を見られなかったこと、そしてその汗を別の人物が見ていたことだった。

その人物は俺の汗とはったりを指摘することなく、大地を揺るがすような声量で言い放った。

「おまえの負けだ、ハンス。知恵でも勇気でもな」

「ラ、ランセル様⁉　なぜこのような場所に」

「ハンスか、控えよ。おまえの忠義はなによりも有り難《がた》いが、過ぎればおれを覇王ではなく、魔王とする。六番目の魔王として歴史に名を残すのは御免こうむりたい」

その声にハンスは一際《ひときわ》萎縮する。

この誇り高き執事をここまで制することができる人物はこの世界にひとりしかいない。

それは彼の主人であるランセル・フォン・バルムンク侯爵だ。

彼は戦場の指揮官のような声量でハンスに矛を収めるように諭す。彼は即座にそれを実行する。

ほっと一息つく俺であるが、バルムンク侯に感謝はしない。

俺の〝はったり〟を見抜いた上での助力であったが、元々は彼の忠誠心過多の部下が引き起こした騒動であった。こちらとしては現状回帰して貰《もら》ったに過ぎない。

いや、姫様がまだこちらの手にない以上、礼を言う筋合いは――、と思っているとバルムンクは姫様を引き渡すよう命令した。その数秒後、縄を切り放たれたアリアが俺の腕の中に飛び込んでくる。

「リヒト様！」

子鹿のように震えるアリア。気丈に振る舞っていた彼女だが、子供のように泣きじゃくっている。それはそうか。先ほどまで鋭利な刃物を首に突きつけられ、死さえ覚悟していたのだ。彼女は未来の女王であるが、それと同時に一五歳の少女でもあるのだ。

「すまない。俺が油断したせいで」

「リヒト様はなにも悪くはありません。わたくしはいつも足手まとい。でも、リヒト様は必ず護《まも》ってくれます」

「今後もそうありたいものだ」

俺はできるだけ力強く、そして優しく彼女を抱きしめると、この世のあらゆる厄災から彼女を護ると改めて誓った。

その時間を邪魔することなく見守るバルムンク。それだけを見れば悪意は一切ないが、彼はアリアの仇敵《きゅうてき》にして俺の宿敵、このままなにもなく終わるとは思えなかった。

それが証拠に姫様を抱擁から解き放った瞬間、彼はこのような提案をする。

「おれの部下が迷惑を掛けた。この非礼はこの場で謝罪させてもらう」

そのように言うとバルムンクは頭を下げた。

どのような戦場に立っても敵兵に臆することがなかった男が、国王以外、頭を下げたこ

とがないと揶揄《やゆ》された誇り高き武人が頭を下げたのだ。その瞬間、ハンスの涙腺は緩み、

「申し訳ありません」

と土下座をし、謝罪をする。その謝意は俺ではなく、バルムンクに向いていたが。

このままではそのまま〝ハラキリ〟でもされそうな勢いだったので、「気にするな」と予防線を張っておく。この男は敵ではあるが、卑怯者《ひきょうもの》ではない。ここで散らすには惜しい使い手だった。俺は甘ちゃんなのかもしれないが、姫様も同様に甘い。俺の言葉に賛同してくれた。


これでめでたしめでたし、姫様を寮に連れて帰り、夕食を摂《と》らせ、お風呂《ふろ》に入れて一件落着——というわけにはいかなかった。

「これで我が部下の不始末は落着だな。だが、おれが部下に怒りを覚えているのは時節をわきまえなかった点だけだ」

「つまりそのときがくればまたこのようなことを起こす、と」

「ああ、そうだ。今は反バルムンクの機運が醸成されつつあるとき。彼らを刺激するようなことはできない」

「しかし、やつらを一掃する策を思いついたときは容赦なく襲い掛かるということか」

「そうだ」

「正直だな」

「己を偽ったことなど一度もない」

覇者にはそのようなもの必要ない、という裂帛《れっぱく》の気迫を感じさせる返答だった。

「だからこの場でも己を偽る気などない。おまえとハンスの戦いを見て血がたぎってしまった。このたぎりを解放させてくれ」

「妻や愛人に頼んだらどうかな」

「このたぎりは男にしか、いや、おまえにしか鎮められない」

ジェシカ女史が聞けば鼻血を流すだろう言葉であるが、ふたりのうち片方は本気のようだ。彼はふたり分、決闘したい気持ちを持っている。つまり、俺に拒否権はないようだ。

「いいだろう」

そう言うと、マリーに預けてあった神剣ふたつを受け取る。

『お、久々の出番』

『旧主と剣を交えることになろうとは……』

聖剣ティルフィングと魔剣グラムはそのように感想を漏らすと、戦闘態勢に入った。

俺はちらりとバルムンクの剣を見る。

やつの腰にも同じような輝きを持つ剣があった。

「……あれが噂《うわさ》の神剣バルムンクか」

バルムンク家の当主には歴代、その家名と同じ神剣が受け継がれていると聞いた。

能力の詳細は知らないが、俺のような貴族まがいの小せがれでも知っているということは相当名のある神剣に違いない。

（単体ではティルやグラムを上回っているかもしれない）

心の中でそのようにつぶやくと魔剣グラムが首肯する。

『我が主が我を簡単に手放したのは、名剣を持っているから、ということもあるが、それ以上に神剣バルムンクが強力だからだ』

冷静に自身の評価を口にする。

『神剣バルムンクは王家に伝わるエクスカリバーに比肩《ひけん》する数少ない剣。その能力は単体で聖と魔を兼ねる』

「つまり単体でティルとグラムと同等ってことか」

その評にティルは怒りを表に出さない。

『………………』

それどころか珍しく脂汗をかいているようにも見える。

それくらいバルムンクに威圧感を覚えているのだろう。

ラトクルス王国最強の騎士である父テシウスと唯一比肩する騎士と言われているバルムンク。そして父さえ持っていない神剣を所有している。最強の父を超える強さを持っているのでは、という評もあるほどの男だ。正直、俺でも戦慄する。

「……前回、父上と対峙《たいじ》したときは自身の成長を確認できた」

ほんの僅かだが父に近づくことができたのだ。

父と同等クラスの相手、本来ならば手も足も出ないはずであるが、勝機はあった。俺には新たな力が加わっていたからだ。

地面に刺していたエッケザックスを手に取る。

『お、三刀流、やる気だね』

「ああ、いきなり最強の力を使うしかない」

物言わぬエッケザックスを両手持ちすると念動力によって左右にティルとグラムを従わせる。

この世界で唯一、三本同時に剣を操ることができるのが、俺ことリヒト・アイスヒルクであった。その力を十全に使えば、バルムンク候とて苦戦は必至のはずであった。

それだけを頼りに決闘を開始する。

決闘の合図はバルムンクが行った。彼は真剣の鞘《さや》を投げ捨てる。それが地面に落ちた瞬間、俺の神剣エッケザックスと神剣バルムンクが交差する。

魔力を帯びた武器特有の火花が散る。神剣のそれは花火のように艶《あで》やかで美しかったが、堪能《たんのう》する暇はない。気がつけば二撃目が右耳のすぐ横に迫っていた。バルムンクは神剣を神速で繰り出せるようだ。

「やるな、小僧。エスタークの城で見た頃は洟垂《はなた》れだったが」

「北部であまり長いこと洟を垂れていると、凍えてもげてしまうんだ」

ぶおん、と神剣が鼻先に迫る。

「たしかにおまえはテシウスの息子だ。おれの息子とはまるで違う」

「最大限の褒め言葉、有り難い」

刹那、紙一重で回避すると俺も反撃する。多少無理な体勢でも攻撃を加えなければ勝機がないと思ったのだ。この神速の剣戟《けんげき》を回避し続ける自信がなかったのである。前向きな言い方をすれば短期決戦に勝機を見いだす、ということになるだろうが、後ろ向きに言えばバルムンクの圧に耐えきる自信がなかったのだ。

最良というか、唯一の選択肢であったが、腰の引けた一撃がバルムンクに届くわけがない。難なくかわされると先ほど以上の重い一撃が飛んでくる。

受けきれたのは単純にエッケザックスのポテンシャルのおかげであった。かつてエスタ一ク家の宝物庫にあった大剣は頑丈さと受動防御能力が半端《はんぱ》なかった。最強候補の神剣の攻撃すら弾《はじ》き飛ばす。

道具に命を救われた形になったが、師匠いわく、

「道具も実力のうち」

なので気にしない。素晴らしい道具は持ち手を選ぶもの。そしてよい持ち主は道具を維持管理する術《すべ》を知っており、そのポテンシャルを最大限に活《い》かすのだ。

週に一度は砥石《といし》と打ち粉で手入れを欠かさない俺、大剣は最高の切れ味と防御力を発揮してくれる。大剣の腹でバルムンクの攻撃を防御すると、そのまま大剣を宙に投げ、両脇の神剣ふたつを抜く。

やつの剣が一本で聖剣と魔剣の効果を兼ねる以上、こちらは二本同時に使って対等であった。

聖なるオーラと魔のオーラが交差しながら火花が散る。

二本同時の斬撃を受けたバルムンクはにやりと笑う。

「神剣を二本同時に使いこなすというのは本当だったようだな」

「ああ、姫様のおかげで特殊体質になれた」

「〝善悪の彼岸〟か。腐竜の書によればその真理に到達できたものはおまえを含め、四人しかいなかったそうだ」

「へえ、そいつらはどうなったんだ」

「四人中三人が発狂して死んだ。ひとりは町中で首をかき切り、ひとりは腹を斬り裂き臓物を取り出し、もうひとりは死ぬまで柱に頭を打ち付けたそうな」

「素晴らしい未来図だな。たしかに聖と魔を同時に操るというのは難しい」

　聖なる力は清らかな心でなければ御することはできないし、魔の力は力強い意志が必要だった。相反する感情を同時に制御しなければいけない。

　ティルいわく、

『今のリヒトは清純派ビッチみたいなものだね』

　しかしグラムは矛盾しないとも言う。

『古代、巫女《みこ》は春を鬻《ひさ》ぐ役割を果たしていたこともある。聖女と売春婦は兼ねることができるのだ』

『ま、そいうこと。僕たち神剣のポテンシャルを最大限に引き出すのは持ち手次第ってこと。聖と魔、どっちの力も引き出して』

　ティルがそのように纏《まと》めると、俺の中から相反する力が湧き出る。

鍔迫《つばぜ》り合《あ》いをしていたバルムンクの眉が上がる。

「ほう、なんという力だ。清々《すがすが》しさと荒々しさが同居した一撃、見事だ」

「ああ、だがあなたも大したものだ。なんだその剣の凄《すさ》まじさは」

バルムンク本人の技量もあるだろうが、その神剣自体、無類の力を発揮している。

達人の一撃は、宮廷画家が描いた線のように美しく、炭鉱労働夫のツルハシのように荒々しい。剛と柔を併せ持ったその力は父の剣とよく似ていた。

「冷静に分析させてもらうと、父上より一段劣る腕前だ。しかし、それを神剣が補ってくれている」

その評にバルムンクは怒ることはなかった。

「そうだな。おまえの父、テシウスはランセル王国最強の騎士だ。しかし、不運なことに神剣には選ばれなかった」

「だから己を磨き、剣聖となった」

「ああ、今、戦っても負ける自信がある」

「弱気な」

「武力だけが評価軸じゃないさ。知力、統率力、政治力、魅力というステータスもある」

「それらは上だと?」

「そうだと自負しているよ。ゆえにおまえの小賢《こざか》しい策は看破している」

するとエッケザックスを避《よ》ける。

すると僅かに動き、天から降ってきたエッケザックスを避《よ》ける。

「っち、小賢しい策は効かないか」

「このような三流の策で勝負を付けようとは思っていないだろう」

「もちろん、それは確認だよ。それが落ちてくるまでに勝負が付かなかったら、この勝負、〝千日手《ワン・サウザンド・ウォーズ》〟になるだろうと見立てていた」

「たしかに実力は伯仲している。このままでは永遠に戦い続けるだろう」

「となれば若い肉体を持つ俺が有利だな」

「なあにまだまだ若いものに負けないさ」

壮年のバルムンクは不敵に笑う。彼の胸板は厚く、闘志は揺るぎない。先ほど剣を交えたときの圧はトロールのようであった。彼の年齢的下降曲線と俺の上昇曲線はまだ交わっていないようだ。

だが時間をかけたくないのも事実であったので、俺は聖剣と魔剣を鞘に収める。

それを見て戦闘放棄とみなさないバルムンク侯、彼も同様に神剣を鞘に収める。

「抜刀術も嫌いではない」

「それは助かる。抜刀術は決闘の華」

「ああ、無粋な観客はそれが分からないが」

先日の剣爛《けんらん》武闘祭も抜刀術で終えた試合がいくつかあった。そういう試合こそ参考になると一挙手一投足見逃さぬようにしていたが、観客の中には刹那で決まる勝負に味気なさを覚えるものもいた。祭りなのだからもっと大立ち回りを見せろということなのだろう。

しかし、達人同士の試合は一瞬で終わることが多い。薄皮一枚の差で勝敗が定まることも多々あるのだ。今回もその例に含まれることになるだろう。

俺もバルムンク候も一瞬で勝負を付ける気であった。どちらも必勝必敗の抜刀術を放つ覚悟を固める。

バルムンクは長身をかがめ、獲物を狙う猛虎のような構えを取る。

俺は地面に寝そべる臥竜《がりょう》のような構えを取る。バルムンクよりもさらに低い位置から抜刀術を放つのだ。

それを見ていた執事のハンスは、

「笑止」

と笑う。

「どこがおかしいのよ」

反論してくれたのはメイドのマリーだった。

「剣も拳も上段から繰り出すほうが速度も威力も高い。そんな常識も知らぬような構えだ」

「……うぐ、たしかに」

事実、先日のヴィンセントとの決闘は上段を取ることによって勝利を収めたのだ。兵は高きを尊ぶ、兵法の基本中の基本であった。

「で、でも、リヒトのことだからきっと考えがあるのよ」

マリーは苦し紛れに言うが、その主《あるじ》はたしかな信念を持ってその意見に同意する。

「リヒト様は最強不敗の神剣使い。絶対に敗れることはありません。この戦いでも奇跡を見せてくれるはず」

それに、とアリアは続ける。

「侯爵が戦うことで主としての姿を見せるのであれば、私は信じることでリヒト様の主としての姿を見せるまで」

その揺るぎない信頼が俺を包み込む。彼女の言葉、彼女の存在は俺に何倍も力を与えてくれるのだ。俺は彼女に奇跡を見せるため、魔剣グラムに手を添える。

「ほう、二刀同時はさすがにないか」

「ああ、威力はともかく、速度が大幅に下がるからな」

「そうだ。おれが人間である以上、威力よりも速度が大事だ」

「届かなければどんな強力な一撃も意味はない」

「しかし、一刀での抜刀術はおれに分があるぞ。個人の能力、剣単体での能力、すべておれが上回っている」

「知っている。だから秘策を用意してある」

「秘策が好きな小僧だ」

「常に感じながら考えろ。師匠にそう習った」

かつてエスタークの城に滞在していた剣士の言葉を復唱する。彼はローニン流剣術を受け継いだという変わった伊達男《だておとこ》で、異世界の剣神に剣術を習ったとほざく大ぼら吹きであった。しかし、その腕前は最強といってよく、父テシウスに匹敵する。いや、馬を用いない勝負であれば上回っている可能性さえあった。

また教え好きの教え上手であり、エスタークの城に滞在していた折は、俺や妹、城の使用人等、身分性別関係なく、懇切丁寧に剣術を教えてくれた。

「リヒト、剣術はエンジョイ・アンド・パッションだ」

が、彼の口癖でもあった。

鍔広帽《つばびろぼう》に偉そうな髭《ひげ》、とても強そうには見えない伊達男だったが、彼の繰り出す剣技は芸術的でさえあった。彼の繰り出す剣を習得することができれば、父に近づけるかもしれない。父に振り向いて貰《もら》えるかもしれない。そう思った俺は死に物狂いで彼の剣を真似《まね》た。

そして剣匠《ソードマスター》ローニンに一番近づいた弟子、という称号を得る。

別れ際《ぎわ》、彼にこんな言葉を貰う。

「やがて君は北部一の剣士と呼ばれるようになるよ」

と――。

そのときは世辞だと思っていたが、今ならば自信を持って言える。

「今の俺は北部で二番目に強い」

と。そしてこの世界で俺よりも強いのは父親しかいない、と。

テシウス・フォン・エスタークを超えたと宣言することはできないが、自分の上にはもはや父しかいないと胸を張ることはできた。

エスタークの城を出てから俺はそれほど急成長することができたのだ。

そのことを証明すべく、秘剣を放つ。父への憧れと葛藤、不思議な師匠との絆《きずな》、強敵たちとの戦いの経験値、それらがすべて複合したオリジナル剣技、

「聖魔二段式流水階段斬り《ホーリー・デーモン・カスケード・スラッシュ》‼」

の名を叫ぶ。

必殺技のセンスが師匠寄りなのはローニン流の証《あかし》、そして最初の相棒ティルの影響も色濃かった。抜刀術の〝一段目〟は魔剣グラムの飛燕《ひえん》のような抜刀術を必要とするから、必然的に彼女と相談する時間があるのだ。ネーミングに興味がない俺は全面的に彼らの影響を受けると、必殺技を完成させる。

一段目の攻撃、魔剣グラムの飛燕のような抜刀術、これは相手に当てるつもりはゼロであった。これは攻撃に見せかけた防御なのだ。バルムンクの神速の剣をかわすには、こちらも神速の動きをするしかなかった。グラムを使った抜刀術によって前進しながら紙一重でバルムンクの剣をかわす。ほんの刹那のタイミングでもずれれば俺の首は刎《は》ねられていただろうが、そうはならない。剃刀《かみそり》の上で綱渡りをするような感覚でバルムンクの刀身を避《よ》けると、下段から大ぶりに振り上げた勢いを利用する。

二段式流水階段、それは水が流れ落ちる噴水階段――。

その流麗な姿は貴婦人のように美しく、その動きは戦闘にも応用できる。階段を流れる流水を血液に換えることもできるのだ。

グラムの振り上げ抜刀術によってバルムンクの攻撃を回避しながら、回転斬りに移行する。その回転斬りもグラムの斬撃を強化するために使うのではない。反対側に差している聖剣のポテンシャルを上げるために使うのだ。

魔剣グラムは技の剣。その黒い刀身は細く、しなやかでこれほど抜刀術に適した剣はない。ただそれゆえに力強さに欠けるというのは本人も認めるところだった。

『技のグラム、力のティル』

とは彼の弁である。

ただ、一方、ティルは力強い剛剣なのだが、その分繊細さと細やかな動きが劣る。本人の才覚が色濃く反映されているというか、大雑把で荒々しい性能なのだ。

ゆえに彼女では最速の抜刀術は繰り出せない。


――単体では。


だから俺はグラムの抜刀術を利用する。回転斬りの勢いを利用する。

敵の攻撃を避けながら回転斬りを行うという行動には理由があったのだ。

『傍《はた》から見てたらクレイジーすぎるけどね』

とは二段目の流水に乗るかのように抜刀するティル本人の言葉だった。

「師匠いわく、達人同士の勝負はよりいかれているほうが勝つ」

『ムリゲーだね』

「ああ、神速の速度で飛び交う剣線をくぐり抜けながら剣を放つなど、常人にできようはずがない」

そのように断言しながら流水階段の二段目を解き放った。

その一擊は控えめに言って、〝神〟が放ったかのようであった。

†

神擊の剣閃《けんせん》が目の前に広がる。

若き神剣使いが放った一擊、一段目の抜刀と回避を融合させた一擊から繋《つな》げた連擊、それは見事としか言いようがなかったが、予測不可能というわけではなかった。

ランセルは最初から一擊目は囮《おとり》であると知っていた。

この少年ならばそのような小細工を弄すると容易に想像できたのだ。年長者として、最強の剣士の一角として、正面からその一擊を受け止めた上で返す。

それが当初のランセルの思惑であったが、それはできなかった。

少年が放った一撃が想像の遥《はる》か上をいっていたからだ。

「……初めて見たときよりも遥かに成長している」

男子、三日会わざれば刮目《かつもく》してみよ、という言葉があるがこの少年は一日ごとに、いや、一呼吸ごとに成長しているように見える。

身の回りで起きたことをすべて教師として吸収していく。

少年は爆発的成長《エクスプロウシブグロウス》のまっただ中にいるのだ。

（……もうじき抜かれるな）

ランセルは確信を持ってそう言い放つが、そのときはまだ来ていなかった。神速を超えた超神速の抜刀術の二段目、ランセルはそれを神剣バルムンクで以《もっ》て受ける。

その一撃は重く、手首がねじ曲がり、剣を放しそうになってしまう。もしも手放していればそのまま首ごと刎《は》ねられる一撃であった。

少年の剣に殺意がある証拠だ。彼はこのラトクルス王国の重臣にして世界有数の個性を容赦なく殺そうとしたのだ。

決戦による死は罪ではないが、ランセルを殺す覚悟を持てる人間はこの世界でも一握りであった。あるいは怪我《けが》をさせて決着を付けるなどという器用なことができないほど逼迫《ひっぱく》しているだけかもしれないが。

どちらにしろ気に入った。

ゆえにランセルはこの少年を生かすことにする。

神剣で神剣をいなすとランセルは剣を捨て、腰をかがめる。力の籠もった一撃を繰り出す。


正拳突き。


東方の空手の型のひとつだが、あらゆる武術で使われる基本的な型である。

それをリヒトの腹めがけて繰り出すと、やつはそれを防御するが、勢いは殺せない。

数十メートル吹き飛ぶ。途中にあった木々をなぎ倒し、大地にめり込むとやっと止まった。

そのままぴくりともしない。

気を失ったのだろう。つまりランセルの勝利だ。

しかし、ランセルは〝勝利を盗まない〟で、そのままきびすを返す。追い打ちをかけるようなことをしないという宣言であった。

主人の性格を熟知している執事は黙ってそれに付き従う。

粉塵《ふんじん》にまみれた主《あるじ》の衣服を整えながら、ハンスは主に尋ねる。

「最強不敗の異名はまだまだランセル様のものですな」

王立学院に通っていた当時、ランセルもまた同じ異名で呼ばれていたことを喚起させる言葉であるが、ランセルは笑って否定した。

「いや、おれは在学中にあの少年の父に敗れている」

テシウスと決闘をし、敗れた日のことを思い出す。

あのときは互いに未熟であったが、あの決闘に敗れ、己が井《い》の中《なか》の蛙《かわず》だったことを知った。そして時が流れて今度は逆にその息子に敗北を教えたわけだ。

「いや、本当にそうかな……」

独語する。

「聖魔二段式流水階段斬り《ホーリー・デーモン・カスケード・スラッシュ》と言ったか、見事な技だ」

己の手のひらを見る。青紫色に変色していた。骨が砕けているのだろう。

——技量と速度では常にリヒトを凌駕《りょうが》できた。

だが、最後の最後に放たれた一撃の攻撃力はリヒトが上回っていた。

あのまま斬り合いを続けていたらバルムンクが負けていた可能性も充分あった。

「末恐ろしい少年だ。あるいはこれからおれが教化すべき世界の指導者にはあのような少年こそが相応《ふさわ》しいのではないだろうか」

そのような感想を抱いてしまうほどにリヒトの剣術は完成されていたのだ。

もしも自分が死んだあとは彼に——、
忠実な執事にそのような言葉を託そうかと思ったが止《や》めた。

ランセルの血縁上の息子たちは凡庸ともいいがたいような愚物であった。バルムンク家などはいくらでもくれてやることはできるが、崇高な〝理想〟を遺《のこ》すことは不可能だと思っていた。

「リヒトならば。テシウスの末息子ならばおれの理想を共有できるだろうか……」

ランセルは日が沈み、真っ暗になった夜空につぶやいた。

忠実な執事はもちろん、剣聖テシウスやリヒト本人にさえ答えを求めていないことは明白であったが、ふと夜空に尋ねてみたかったのだ。

無論、自然の一部である暗闇が答えなど用意してくれるわけがなかった。

「……ふ、詮無いことだな」

少年に拳を砕かれたことよりも、弱気になってしまったことを悔やむ。

これから世界を改革し、人々を導こうとする人間がなにを、と思ったのだ。ランセルは先ほどの場所で〝狸寝入《たぬきねい》り〟をしている少年の顔を払うと、そのまま用意された馬車まで戻った。

バルムンクの正拳突きにより意識を絶たれたが、それも数秒のことだった。俺は即座に戦闘を再開し、相手を討ち果たすとは豪語しないが、あのまま戦闘を続けることもできた。しかし、そうしなかった。

それには理由がある。バルムンク自身の力が万全ではなかったこと。

老齢——ではないが、バルムンク自身、十全に能力を発揮していないように思われたのだ。

病気かなにか理由があるのか、そこまでは分からないが、彼の実力はあのようなものではないはずだ。そして十全の力を発揮していないものとあの場で決着を付けるのは惜しい気がしたのだ。

それに俺はアリアローゼ・フォン・ラトクルスの護衛。

最高の好敵手との決闘で血がたぎっていたが、俺が第一に優先しなければいけないのは剣士としての探究心ではなく、アリアの身の安全であった。

あのまま死闘を繰り広げれば勝敗が定まっても無事ではいられないだろう。

ゆえに剣士としての誇りは捨て、狸寝入りをしていたわけであるが、それを見て当の王女様は心配で堪《たま》らないようだ。

マリーの制止を振り払って俺に近づいてくる。

「リヒト様ッ‼」

いつも向日葵《ひまわり》のような笑みをたたえた少女であったが、このときばかりは彼岸花のような悲しみをたずさえていた。

俺のことを心から心配してくれているのだろう。それはとても幸せなことだった。

「人が幸せになるにはふたつのことが必要なのよ」

死んだ母の言葉が脳内に響き渡る。

「それは人に必要とされること。人を必要とすること。リヒト、誰かを愛する人間になりなさい。誰かに愛される人間になりなさい」

それが母親の口癖であった。

母自身、死のその瞬間まで俺を愛し、愛されてくれた。

以来、そのような存在は妹以外、存在しなかった。

血のつながりのない人間で初めて愛を知覚することができたのが、アリアであった。俺は彼女を不安から解放するため、震える足を鼓舞し、立ち上がる。

生まれたての子鹿のように震えながら、彼女が胸に飛び込むのを待ったが、それが〝命取り〟になった。彼女の吐息を感じられた瞬間、彼女の芳香が鼻孔をかすめた瞬間、空気を切り裂くような音が耳に届く。

ヒュン！


闇夜の大気を切り裂きながら放物線を描くのは、一筋の矢であった。

それは王女の心臓をめがけ、まっすぐに飛んでくる。

軌道、勢いを計算する限り、一〇〇メートル以上、離れた場所から放たれたことは明白であったが、今は射手を特定しているときではない。

俺はとっさに右手に握っていたティルフィングを使って矢を斬り払う。選択肢はそれしかなかったが、三つの誤算が重なった。

ひとつ、先ほどのバルムンク戦によって俺の体力が激減していたこと。

ふたつ、利《き》き手に持っていたのが重みのあるティルフィングだったこと。

三つ、矢を放った射手が予想以上の達人だったこと。

ほんの刹那、剣を出すタイミングが遅れてしまった。

そのツケはこの世で最も大切なもので支払われることになる。

ティルはかろうじて矢の腹に触れることに成功したが、矢を打ち落とすことはできなかった。矢の軌道はわずかにずれただけでアリアをかすめる。

「アリアっ‼」

矢が突き刺さらなかったのは不幸中の幸い、唯一の救いであったが、この世界で最も美しいものに傷ができたことには変わりなかった。

己の無力さ、弱さを唾棄したくなるが、そんな俺に姫様はにこりと微笑《ほほえ》む。

「また命を救って貰《もら》いました。この恩は七度生まれ変わっても返せませんね」

そのようなことはない、その笑顔に救われてきたのはこちらだ、そのように言い聞かせたかったが、矢の第二射が来るのは容易に想像ができた。姫様に覆い被《かぶ》さりながら大木の側《そば》に向かう。そこで第二射を警戒したが、ついぞ二射目がやってくることはなかった。

クナイを握りしめ、周辺を血眼になって捜索しているマリーの様子を見るが、不審者や敵対者がいそうな気配はなかった。

「単発的な攻撃だったのか？」

バルムンク派の攻撃という可能性はないだろう。バルムンクは武人だ。このようなだまし討ちはしない。ならば狩人《かりゅうど》の誤射だろうか。いや、それもないだろう。ここはなにもない平原で、狩人が生計を立てられるほど獣はいなかった。

「それにあの一撃、明らかに殺意が込められていた」

木と矢と鉄の鏃《やじり》だけで殺意を確認できるものではないが、斜角と狙った部位からは殺意があると断定できる。あの矢、確実にアリアの心臓をめがけていた。アリアは普通の人間で、心臓に矢が刺されれば死ぬのだ。

「誰が姫様の命を狙った？　バルムンク以外に姫様の死を望むものなんて――」

いるわけがない、とは続けられない。

アリアの性格は〝控えめ〟に言って聖女のように清らかで、天使のように無垢《むく》であった。他人から恨まれることは皆無であろう。しかし、彼女はこの国の第三王女。その立場を疎《うと》ましく思うものはいくらでもいる。

王位争いをしているアリアの血縁上の兄や姉たち、アリアの政治的求心力を恐れる守旧派たち、あるいは学院に通う貴族の子弟連中たち。アリアの美しさを妬み、中には横恋慕や逆恨みをしているものたちもいるはずであった。

「……冷静に考えると敵だらけだな」

苦笑を漏らすが、姫様もにこやかに、

「敵に囲まれた人生です」

と、苦笑いした。

そしてそのまま両膝を大地に突く。

「アリア⁉」

彼女の名を叫びながら崩れ落ちる彼女を抱きかかえる。

一体なにが⁉　冷静にアリアを観察するが、彼女の身体《からだ》には異変がない。矢が突き刺さってはいない。僅かばかり流血はしているが。

しかし、彼女の目は虚《うつ》ろで、焦点を失いかけていた。

「……リ……ヒト……さま……」

やっとの思いで言い終えると、彼女は目の焦点を失い、俺の腕の中で意識を失う。その段階でやっと気がつく、先ほど彼女の身体を矢がかすったことを。無礼を承知で彼女の衣服の一部を破り捨てると、傷痕を確認した。

蒼《あお》い蜘蛛《くも》のような模様が浮かび上がっていた。

「……これはいったい」

薬学の知識も豊富な俺であるが、脳内のどこを探してもその模様に心当たりはなかった。

己の浅学さを嘆くが、無為無策ではいられない。

アリアをお姫様のように抱きかかえると、急いで彼女を学院の医務室へと連れて行った。

マリーは顔面を蒼白《そうはく》にさせながらも、俺の背中を護ってくれた。

途中、追撃や奇襲の類いは一切なかったが、だからといって心が穏やかになることはない。姫様の無事が確認されるまで油断することは許されないのだ。

†

深夜、姫様を医務室に連れていくと、王立学院の医師は不平を述べた。

「こんな夜中に飛び込んでくるなんてなんと非常識な」

化学の実験用のアルコール・ランプで乾物の烏賊《いか》をあぶっている医師に言われたくない。

ちなみに彼女の名はカスミといって東洋人の女医師だ。

「女だてらに結婚もせずぶらぶら暮らすには宮仕えが一番」

と王立学院の専属に医師になった女性で、向上心や探究心の欠片《かけら》もない医師であった。

ただ、その技術は確かで、授業や部活動で負傷した生徒をあっという間に回復させてしまう。

「魔法で回復させると自然治癒力が下がってしまう」

と得意の回復魔法は使わず東洋の怪しげな術で治すのが彼女のポリシーだそうだが、アリアの腕に浮かぶ模様を見ると、

「むむぅ」

と唸《うな》った。

「……やめてくれ、そんな親の葬式に出るみたいな顔をするのは」

「ならば親類程度にしておくか。しかし、いくら表情を取り繕っても事態が好転するわけじゃないぞ」

「それは分かっている。その蒼い蜘蛛はなんなんだ？」

「これは蒼蜘蛛《アズル・スパイダー》から取り出した毒素だな」

「アズル・スパイダーってなんなのよ！」

食ってかかったのは俺ではなく、メイドのマリーであった。

その失礼な問いにカスミ女医は冷静に答える。

「アズル・スパイダーとは南洋の孤島にいる特殊な蜘蛛だ。八本の足に蠍《さそり》のような尻尾を持っている」

「話を聞くだけで猛毒を持っていそうだな」

「その通り。アズル・スパイダーは深淵《しんえん》なる眠りをもたらす霊薬の材料として知られる」

「深淵なる眠り？」

マリーが首をひねる。

「大昔、大病に冒された賢者が、擬似的な冷凍睡眠をするために、この薬を飲んで二七〇年後に目覚めたことがある」

「すごい」

「一万分の一に希釈すれば良質な睡眠薬にもなる。我が王立学院の教諭はストレスで不眠症の輩《やから》が多いから、医務室に来て処方を受けるものもいる」

「なんだ、ちゃんとした薬なんじゃない」

「適量、適法に使えばだ。七七匹の蒼蜘蛛《アズル・スパイダー》を捕まえて毒素を凝縮して煮詰めれば、恐ろしい劇薬の完成だ。二度と目覚めることのない深淵の眠りにつく」

「……死ぬということだな」

こくり、と頷《うなず》く女医。

「そんなの許せない！」

「許せないもなにもすでに青蜘蛛の毒は王女の身体を蝕《むしば》んでいる」

　カスミははだけていたアリアのブラウスを破りとる。蒼い蜘蛛の模様は生きているかのように蠢《うごめ》いていた。

「今はまだ眠っているだけだが、この蒼い蜘蛛は徐々に動き始める。二の腕から肩へ、鎖骨に動いて胸部を伝い、やがて心臓にたどり着く」

「…………」

　心臓にたどり着くとどうなる？　などと無能な発言をするものはひとりもいない。

　蒼い蜘蛛が蠍のような尻尾で心臓を一突きしたとき、そのものは永遠の死を迎えるに決まっていた。

「……いや、いやよ。そんなの許せない。そんなことは絶対にさせない。あんた、医者でしょ。なんとかしてよ。アリアローゼ様を救ってよ！」

　カスミの襟首を摑《つか》み上げるが、不良女医はばつが悪そうに目を背けると、ぽりぽりと頭をかきながら、

「すまない」

　と言った。つまり、自分の力ではどうしようもない、ということだ。

「そ、そんな……」

　力なく崩れ落ちるマリーであるが、カスミは悪魔ではない。可能性については言及する。

「あたしの力――正確に言えば医療の力ではアリアローゼ様を救うことはできない。しかし、蒼い蜘蛛の力は邪法を駆使した黒魔術、その逆の力を駆使すれば救うことができるかもしれない」

「時間がない、まどろっこしく言わないでくれ」

「ならば単刀直入に。蒼い蜘蛛の毒は作製したものの血液さえあれば解毒薬《げどくやく》を作れる」

「なんだ、方法があるんじゃない」

「ああ、蒼い蜘蛛の毒は七七匹の蜘蛛の毒を凝縮し、黒魔術を施した毒だからな。使用者の血液を混ぜ込み、毒性を上げる」

「じゃあ、毒を作った人物をとっ捕まえて腹をかっさばいた上で血を抜き出せばいいのね」

「そこまでしなくてもいい。それなりの量があれば血清は作れる」

ほっと胸をなで下ろすメイドさんだが、肝心なことに気がついていないようだ。カスミ女医は指摘する。

「簡単に言うが、誰が毒を放ったか、皆目見当が付かない状態なのだろう。そんな中、ピンポイントに毒を作ったものを探し当てられるのかね」

「そ、それは……」

言い淀《よど》むマリーであるが、返答をしたのは俺だった。

「するさ。してみせる」

「根拠は？」

「それしか姫様を救う方法がないからだ」

「単純明快」

にこりと相好を崩すカスミ。竹を割ったような性格ゆえに明確な回答を好むのだ。

「それじゃあ、さっそく、犯人候補を探してくれ。ちなみにヒントは相当な実力者ってことだ。これほどの毒を作り出すということは天才黒魔術師だ」

「つまり強大な魔力を持つものは全員、容疑者ってことか」

「そうなる」

「ここは英才が集まる王立学院よ」

マリーが不満を述べるが、カスミは冷静に説明する。

「少なくとも剣士科や聖職科の連中は容疑者から外してもいいのでは」

「まあ、基本的にそうなるが、世の中には聖魔両方の属性を使いこなす剣士もいるしな」

ジト目で見つめられるが、俺のような〝例外〟はいないと断言することはできないだろう。しかし、犯人はこの学院におり、それ相応の実力者ということだけ分かれば充分だった。

「最強のやつから順番に問いただすまでさ」

「……まさかそれって」

マリーは口をぽかんと開ける。

「アリアをこんな目に遭わせた〝黒魔術師〟ってのは天才なんだろう。そんな力を持っているのならば必然的にこの学院最強の連中に連なっているはず」

「そりゃそうだろうけど。でも、理由がないじゃない」

「たしかに十傑が姫様を殺す理由はない。今のところはな」

「もしかしたらなんらかの理由を持っているかもしれない、ってことね」

ふむ、と己の顎に手を添えるマリー、完璧には納得いっていないようだが、他に有力な容疑者がいない以上、俺の意見を否定するつもりはなさそうだ。

「分かったわ。マリーの配下のくのいちたちにも調べさせる」

「それは有り難《がた》い。さすがはメイド忍者さんだ」

褒《ほ》め称《たた》えるとカスミ女医も協力する旨《むね》を申し出てくれた。

第四章

十傑選定試験

最強不敗の神剣使い 3

「アリア様が死の眠りに⁉」

エレンが驚愕《きょうがく》の表情を浮かべる。

†

「ああ」

「それにしては落ち着いてらっしゃいますのね」

「慌てれば敵の術中にはまるからな。彼女が狙撃されたのは俺の手落ちだ。だから最短かつ最善の方法で彼女の目を覚まさせる」

「目覚めのベーゼはしますか？」

「しない。必要ないからな」

「ならば協力しましょう」

ありがとう、と結ぶとさっそく、十傑の詳細を尋ねる。まずは構成メンバーから。

「まずは基本的なことから。十傑ですが、彼らは一〇人いません」

「十傑といっても一〇人いるわけではないのか」

十傑は定員が一〇人であってその席がすべて埋まっているのは稀《まれ》という情報を得る。

ただ、深い話は得られない。妹も多くの情報を持っているわけではないようだ。

「十傑は得体の知れない組織です。新参の私にはなかなか情報を与えないのです……」

とは先日この学院に入学した我が妹の言葉だった。彼女は勉学も実技も天才級で、学院の上位一〇位以内と認められ、十傑にスカウトされたばかりだった。

本当は十傑のような面倒くさそうな組織とは距離を取りたかったらしいが、名門エスタ－ク家のものが学院の上位に連なっていなくてどうする、と説得されて入ったのだ。

父の反対を押し切っての入学だったため、少しでも家の名誉になればいいと思ったとのことだが、彼女の向上心は役立った。十傑の情報が得られるのである。

妹のエレンはこほんと咳払《せきばら》いをしながら、十傑の誓約を話す。

「ひとつ、十傑会議で話された議題及び会話内容は誰にも話してはならない」

「ふたつ、十傑会議で話された議題及び会話内容は〝絶対に〟誰にも話してはならない」

「大事なことなので二回言ったか」

「そういうことですね。まだ会議には参加させてもらっていませんが、十傑になったとき、そのように念を押されました」

ちなみに十傑になると誓約の指輪を付けさせられる。白銀の指輪だが、誓約を破ると、真っ黒になる仕掛けがされているのだそうな。

「秘密結社みたいだな」

「噂《うわさ》段階ですが、その歴史は学院の誕生以前とも」

「学院が生まれる前から生徒会もどきが？」

「この学院は彼らのために作られたという説があります」

「順番が逆だった、ということか。これは想像以上に権力を持っていそうだ」

「はい。十傑に対等に意見が言えるのは学院長クラスだけ。教師はもちろん、学科長ですら安易に口は出せないそうです」

「まるで創作に出てくるような秘密結社だな」

「言い得て妙かも。この学院の生徒会のような役割を負っていますが、それ以上の〝なにか〟を感じます。なにかとんでもない秘密を隠しているはずです」

「それゆえにアリアを殺そうとしているのか……。それにしてもまどろっこしいが」

「まどろっこしい？」

「ああ。蒼《あお》い蜘蛛《くも》を放った暗殺者は致死性の毒ではなく、遅効性の毒を放った。普通の暗殺者はそんなことはしない」

「たしかに。不確実な暗殺方法です」

「姫様の心臓に蜘蛛が到達するのは一週間後、その間に解毒薬《げどくやく》を盾に交渉を迫ってくるか、あるいは――」

「あるいは？」

「慌てふためく我々を見て笑っているか、のどちらかだ」

「そのような嗜虐心《しぎゃくしん》に満ちたものもいるということですね」

「可能性の話だがな。だが違う。おそらくだが、蒼い蜘蛛の人物は交渉を迫ってくるはず」

「ならばそろそろ接触がありますね」

「そういうこと」

そう言うと俺は自分の下駄箱《げたばこ》を開ける。下駄箱の中は質量で満ちていた。ばさあ、っと手紙の類いが落ちてくる。エレンは呆《あき》れながら一通一通確かめる。

「恋文が七通、果たし状が二通、怪文書が八通というところですね」

魔法でスキャンするが、「どれも兄上様に恋をしている女子生徒とその女子生徒に恋をしている男子生徒のものです」と呆れた。

「いつものことさ」

で切り捨てようとするが、妹の美しい眉目《びもく》がぴくりと動く。下駄箱に一通だけ、手紙が残されていたのだ。その手紙は見るからに異彩を放っていた。

「兄上様、これは——」

「そうだな。黒い封筒に青い封蝋《ふうろう》が施されている」

「封蝋の形は蜘蛛です」

「さっそく向こうからコンタクトを取ってくれたということか」

「そのようですね」

恋文の処理をエレンに任せると、俺はそそくさと手紙を開いた。魔術的な処理やトラップは一切施されていなかったが、書かれた内容は苛烈であった。

「一週間以内に十傑になれ。そしてバルムンクを暗殺しろ。さすれば解毒薬をおまえたちに渡そう」

その文面を見てエレンは顔面を蒼白《そうはく》にする。

「どうして兄上様が十傑入りを⁉」

「蒼い蜘蛛は十傑とバルムンクを敵対させたいようだ。俺を使って両者を争わせたいのかな」

「両者の仲はよくないということですね」

「ああ。これはマリーからの情報だが、バルムンクは学院長や学院教師を取り込んでいるが、十傑はそれが気に入らないらしい」

「十傑の権力は絶大です」

「どちらが学院で主導権を得るか争っているのかな。そして姫様の命を使って俺を動かそうとしている」

「なんと悪辣な外道なのでしょうか」

「毒使いとは総じてそんなものだ。しかし、これで姫様を暗殺する目的が分かった。そしてバルムンク侯は今回の件の犯人ではないと判明した」

「狂言、あるいは策略という可能性は？」

「バルムンク侯とは三〇分にわたって剣を交えた。粗にして野だったが、卑《いや》しさは皆無だった」

「そのような卑怯《ひきょう》な真似《まね》はしない、と」

「ああ。彼の部下は分からないが、昨日の今日だ、バルムンク侯の機嫌を損ねるような真似はしまい」

「となるとやはり犯人は十傑の中にいる可能性が高いですね」

「今のところ俺の十傑入りを知っているのは十傑だけだろうしな」

「十傑は秘密を保持することに固執しています。安易に情報は漏らさないでしょう」

「そういうことだ。というわけで容疑者どもの個人情報を教えていただけないかな」

「もちろんですわ。まずは新しく十傑入りした可憐《かれん》な美少女についてお教えしましょう。彼女の身長は一六二センチ、体重四九キロ、一五歳、スリーサイズは上から九九、五五、八八で、兄上様のことが大大大好きなOC（王立学院中等部生）なんです」

胸をくいっと出し、艶《なま》めかしいポーズをする。

「虚偽にまみれた情報をありがとう」

「むう、たしかにスリーサイズは盛っていますが、これからぼんきゅっぽんになるんです」

「統計的に女性の体形は一〇～一五歳くらいの間の生活習慣で決まるそうだ。まあ、まだ手遅れじゃないから頑張れ！」

「頑張ります！」

毎日牛乳を飲み、巨乳体操をするのだそうな。ちなみに巨乳体操とはクラスメイトの豊満な胸の持ち主から聞いたもので、タコ踊りに酷似している。とても貴族の娘がするようなものではなく、毎晩、寝る前にくねくね踊っている妹を想像するとてもシュールだ。

「エレンのことはほくろの数まで知り尽くしている」

「あの日の夜に互いに全身のほくろを数えましたしね」

　ぽっと頬を染めるが、誤解のないように言っておくと、互いに幼児の頃の話だ。それもエレンが無理矢理やらせたと補足しておく。

「問題なのは他の十傑だが、情報をくれるか」

「もちろんですわ」

　と破顔する妹は包み隠すことなく教えてくれた。

「まずは兄上様の知っている人物たちから。兄上様と同じクラスに所属する。エルザードとエルラッハ姉弟」

「たしか特待生《エルダー》の二卵性双生児だったな」

「そうです。まあ、十傑は全員特待生《エルダー》なのですが」

「そうだ。しかし二卵性にしてはそっくりな顔立ちだよな」

「遺伝子の奇跡としか。私ももう少し兄上様と同じ顔立ちに生まれたかったです」

「美人が台無しになるぞ」

「毎朝、鏡を見れば兄上様を見られるのです。幸せだろうなあ」

　うっとり見つめると、彼女はコホンと咳払いする。

「話がずれました。申し訳ありません。ええと、エルザードは姉、エルラッハは弟、氷炎使いの姉弟の異名を誇ります」

「それはよく知っている。剣爛《けんらん》武闘祭のときに手合わせした」

「なかなかの強敵でしたが、我らエスターク兄妹《きょうだい》の敵ではありませんでした」

「先日も会ったが、やつらも十傑の新参で序列なるものが低いと聞いたが」

「はい。剣爛武闘祭の少し前に十傑入りしたようですね。序列は弟エルラッハが七位、姉のエルザードが八位です」

「意外だな」

「と申しますと？」

「いや、姉のほうが僅かだが実力が上だからだ」

「それはたぶん、弟を立てているのでしょう。姉は弟が大好きのようですから」

「たしかにシスコンだった」

「そのような生易しい関係性ではないですけどね」

と異議を唱えるが、エレンは詳細には触れない。エルラッハとエルザードが仲のよい姉弟であることは万人が認めるところだが、エレンの見立てによればエルザードはエルラッハに姉弟以上の感情を抱いているように見える。これは同じ兄妹を愛するエレンだからこそ察した心の機微だが、エレンはそれを誰彼構わず吹聴《ふいちょう》するような娘ではなかった。

（――秘めたる想《おも》いを持つ同志だものね）

そのように結論づけるが、彼らは容疑者から外してもいいだろう。それは兄も同意見だった。

「剣を交えたから分かる。あのふたり、特に弟のほうは毒を使って暗殺を謀《はか》るような卑怯者じゃない。そもそもそんなに器用じゃない」

「姉のほうも性格的にも能力的にも除外してよさそうですね」

「ああ。同様の理由でシスティーナも除外する」

「バルムンク家のものだからですか？」

「ああ、今回に限っては彼らは白だ。だからバルムンクの娘である彼女も容疑者から外していいだろう」

エレンは「女の子には甘いのですね」と不満を漏らすが、俺の合理的な判断に不服はないのだろう。異論を差し挟まなかった。

「ちなみにシスティーナ嬢は序列六位です」

「中下位といったところか」

「そんなところです。彼女は優れた剣士ですが、魔法力に弱点を抱えています」

「能力的にも容疑者から除外だな」

「はい。ちなみに九位は私です」

「おまえも除外」

「まあ、嬉《うれ》しい。でも裸にして隅々まで調べてもいいんですよ？」

「遠慮しよう」

「一〇位は空席か？」

「はい。先ほども言いましたが、十傑は選ばれしものしか入れない組織。数合わせはひとりもいません」

「ということは必然的に五位から一位のものを探ればいいのか」

「そうなりますね」

「一〇〇〇近い王立学院生から容疑者が五人に絞れたぞ」

「さすが兄上様です。最強不敗なだけでなく、灰色の脳細胞もお持ちのようで」

「可能性を順番に消しているだけさ。それで序列五位以上の情報は知っているのか」

「もちろん。〝ほぼ〟全員から自己紹介を受けました」

ほぼが気になるが、話の腰は折らない。

「序列三位は兄上様も会ったことあるかと思うので省きます」

「聖職科の王子様、糸目のエリートだな」

「はい。アレフト様ですね」

「将来の主教猊下《げいか》。聖属性のエリートだが、容疑者からは外さない」

「なぜ？」

「物事は表裏一体だからだ。聖属性の反対は魔属性、生の反対は死。物事はコインの裏表みたいなものだからな」

「白魔法を極めたものは、黒魔法にも精通しているということですか」

「ああ。なにかを極めるにはその対極にあるものも極めなければならないことが多い。

――それに、あの糸目の奥になにか秘めているような気もする。これは偏見かもしれないが」

「いえ、兄上様が怪しいのならばただの善人ではないはず」

エレンは全面的に俺を信じている。聖教のエリートよりも兄の言葉のほうが神の真理に近いのかもしれない。買いかぶりであるが、俺の直感がアレフトを危険視していた。

「まあ、アレフトは措いておいて、それ以外の序列上位はどうなっている？」

「五位はヴィンセント。この方ともすでに剣を交えていますね」

「ああ、なかなかの実力者だった」

「それではこの方も省いて序列四位から話します。彼はマサムネ」

「変わった名前だな」

「東方の蓬莱《ほうらい》の国をルーツに持つ貴族です。浅黒い肌に黒い髪をしており、五郎入道正宗《ごろうにゅうどうまさむね》という神剣を継承しています」

「神剣使いか」

「はい」

「それは強敵そうだ。なるべくならば戦いたくないな」

「同感です。しかしもしこのものが犯人ならば？」

「毒を使ったことを後悔させるだけさ。ちなみに東方は毒の産地だ。附子《ぶす》って言葉を知っているか？」

「私とは無縁ですわ」

と強気のエレンだが、たしかにそうなので反論しない。

「附子とは東洋の大毒のことだ。東洋ではトリカブトから附子を取り出し、それを操る附子使いというのがいるらしい」

「彼の家系にもその暗殺者がいる可能性もありますね」

「そういうこと」

エレンは納得すると序列二位の名を挙げる。

「続いて序列に二位、彼の名はフォルケウス」

「名前だけで強そうだな」

「はい。〝実質的〟に十傑最強と噂《うわさ》されています」

「実質という言葉は嫌いなのだが」

実質無料、一日コーヒー一杯、詐欺師がよく使う言葉だ。

「一応理由があって、序列一位のアーマフという人物は滅多に人前に姿を現さないらしく、他の生徒の前で戦闘をしたことがないのだそうです」

「それで実質というわけか」

「はい。十傑会議は二位から四位のものが取り仕切っています」

「十傑の一位ともなると重役出勤どころか、東洋のダイミョーやマハラジャのような生活ができるのかな」

「そのようですね。十傑の誓約に、互いに切磋琢磨《せっさたくま》し、最も賢く、最も強いものが序列一位となって他の十傑を導く、というものがありますが、一位のものがその誓約を果たしている様子はありません。それどころか下位の十傑でその姿を見たものはいません」

「謎の人物ということか。非常に興味深いな」

「謎《ミステリー》と毒の相性は古来よりよいとされています」

「ああ、話だけ聞けばそいつが一番怪しい」

「問題なのはその謎の人物とどうやってコンタクトを取るか、です」

「その通りだ」

「一応、十傑を続けていれば会う機会もあり、そのときに取りなしを頼むこともできると思いますが」

「今はそんな悠長なことをしている時間はない。残された時間は一週間を切っている」

「はい。アリアローゼ様の毒が心臓を貫く前に犯人を見つけなければ」

さて、どうすれば、とエレンは悩んでいるが、解決方法はすでに俺の中に存在した。

情報収集をしていたメイドのマリーが合流したので、彼女たちにそれを披瀝《ひれき》する。

「俺が十傑に入る。そして十傑の最上位になればいい。さすれば自《おの》ずと道は開けるはず」

朝食の卵の焼き加減を告げるときよりもあっさりとした口調だったのでエレンは最初、呑《の》み込めなかったようだ。しかし、その言葉の意味を理解したとき、眉をつり上げながら大きな声を上げる。

「「ええ～！」」

マリーの驚愕《きょうがく》の声も重なり、美しい旋律を奏《かな》でる。美少女たちが作るハーモニーは美しい、と冗談を言ったが、彼女たちはその冗談を楽しむ余裕がないようだ。

「あれほど十傑入りを厭《いや》がっていたではありませんか？」

「虎穴には入らずんば虎児を得ず。敵の思惑に乗るのは癪《しゃく》だが、それしか方法がないのならば仕方ない」

「あんたは下等生《レッサー》じゃない」

「十傑は特待生《エルダー》しかなれないらしいな。しかし、向こうがなれと言っているのだから問題はなかろう」

「先日、断ったばかりなのに、気変わりを許してくれるでしょうか？」

「許して貰《もら》うまでさ」

そのように言い切ると相棒のティルフィングを抜き放ち、剣舞をする。

その流麗な動きにふたり、特に妹はうっとりとする。

「この官能的で力強い剣士を欲しがらない組織などないでしょう」

と評してくれるが、その表現はともかく、〝実力的〟には断られる要素はないと思っていた。あるいはそれは過信なのかもしれないが、ともかく、今の俺には〝十傑〟に入る以外の選択肢は残されていなかった。

†

王立学院特待生《エルダー》十傑とはその呼称の通り特待生《エルダー》の上位一〇人が選抜される名誉ある役職である。王立学院の生徒会と評するものもいるが、そのような生易しい組織ではない。

十傑は王立学院一〇〇〇余人の代表であり、憧れであり、夢でもあった。

王立学院に通うものは全員、珠玉の存在である十傑をなんらかの形で意識していた。実力あるものはあわよくば自分がその座に座るべく精進し、実力がないものはその存在に憧憬の念を抱き、崇拝する。

俺のように〝学院〟そのものに興味がないもの以外、日々、十傑の存在を意識しながら生活をしているのだ。

ゆえに十傑が特別視されていることに改めて気がつく。俺のクラスの後方に陣取る特待生《エルダー》たちを観察するとよく分かる。下等生《レッサー》たちは常に十傑を特別な存在と認知し、一般生《エコノミー》たちは劣等感を刺激され、十傑になれなかった特待生《エルダー》たちは好悪様々な感情を抱いているようだ。

例えばであるが、プリント等が配られる場合、必ず最後に配られる。大物がおおとりを務めるべき、という思想があるのだろう。それに教師陣も気を遣っており、授業中、十傑がなにをしても関知することはない。序列七位のエルラッハが授業中に立ち上がって売店にコーヒーを買っても咎《とが》めることはなかった。

学級崩壊かよ、と思ってしまうが、皆、大真面目で十傑の行動に掣肘《せいちゅう》を加えるものなど存在しなかった。――俺以外は、であるが。今まで気にもしていなかったが俺であるが、エルラッハが席を立った後、同じように立ち上がると、彼の後を追った。無論、俺は十傑ではないので、教師が注意してくるが。

ここで「特待生《エルダー》はいいのに、下等生《レッサー》は駄目なのですか」と抗弁すれば小物のそしりは免《まぬが》れないだろう。なので屁理屈《へりくつ》は述べず大物の片鱗《へんりん》を見せる。

「離席した分は次のテストの点数から差し引いてください。必ず一〇〇点を取るのでマイナス四〇点までなら許容します」

不遜な物言いにこめかみをひくつかせる教師であるが、今は彼の心を気にかけている暇はない。

「それと近日中に十傑になってみせます。特権の前渡し、ということで」

その言葉に反応したのはこのクラスのもうひとりの十傑にしてエルラッハの姉であった。

彼女は俺の顔を面白げに見つめると、

「……やっと決意したのね」

と呟《つぶや》く。

俺は僅かに口元を緩めると、

「ああ、やっと同じ舞台《ステージ》に立つよ」

と、かつて刃を交えた好敵手にささやき返した。


エルラッハの後を追って売店に向かうと、彼は売店でコーヒーとスナック菓子を買っていた。コーヒーにはミルクと砂糖をたっぷり入れ、スナック菓子は砂糖と蜜をたっぷりまぶしたプレッツェルを選んでいた。極度の甘党のようだ。

甘いものが嫌いではない俺は御相伴に与《あずか》る。

休憩用の椅子に腰掛ける彼の対面に座ると、彼のスナック袋の中に手を突っ込む。

「…………」

一瞬、目を丸くするが、知らぬ仲でもない。それに姉と同じように俺の決意を感じ取ったようだ。

「その様子じゃ、十傑選定試験を受ける気になったようだな」

「ああ、下等生《レッサー》初の十傑になってみせる」

「なんだと!?　下等生《レッサー》のまま選定試験に臨む気か!?」

「ああ」

「下等生《レッサー》の意地と誇りか？　持たざるものとしての」

「まさか。意地や誇りはエスタークの城に置いてきた。物理的な問題だ。学院の決まりで下等生《レッサー》から二回級特進はできない。一学期ごとに最高の成績を修め、編入試験を受けなければいけない。残念ながらそんな時間はない」

「人生は短いしな」

アリアのことを知らないエルラッハは俺が短気でせっかちであると誤解したようだ。

――彼が蒼《あお》い蜘蛛《くも》である可能性は限りなく低いが、その可能性が皆無でない以上、詳細は話さないほうがいいだろう。

「まあ、そういうことだ。俺も授業中にプレッツェルを食べたい」

「ここの売店は塩バター味が絶品だ。十傑になったときのお楽しみだな」

「仲介してくれるのか？」

「おまえがその気ならば断る理由はない。十傑会議の決で決まったことだ。それに俺はおまえを入れるほうに投票したんだぜ」

彼は元々、序列三位のアレフトと同じで俺を勧誘したい派閥であった。剣爛武闘祭で剣を交えたときの借りを返したいのだそうな。

「同じ組織に入って序列争いをすれば必然的に切磋琢磨できるしな」

うしし、と嬉《うれ》しそうに言う。炎使いのエルラッハはその性格も炎のように熱く、少年向きの創作物のように闊達《かったつ》で向上心に溢《あふ》れていた。

心底嬉しそうに迎え入れてくれるエルラッハを見て、俺は前言を撤回する。

（……このものが毒使いの可能性はゼロだな。容疑者リストから真っ先に削除だ）

このやんちゃ坊主《ぼうず》に裏の顔があり、実は卑劣な暗殺者だった、という筋書きを用意するのは物事の本質や王道が分かっていない三流の脚本家だけであろう。

王女暗殺未遂という卑劣な筋書きを用意した蒼い蜘蛛であるが、犯人は犯人で悪役の美学や王道を重視しているような気がするのだ。

（……わざわざ遅効性の毒を使うあたりなにか意味があるのだろうな）

姫様の命を狙うだけならば即効性の毒を使うほうが手っ取り早い。遅効性、それも解除方法のある毒を使うあたり、犯人はこの暗殺劇になんらかの意味を持たせているように思われる。

（――それを解読するのが俺の役目だが）

あるいはそれこそが犯人の本当の狙いかもしれないが、今の俺に選択肢は少ない。犯人の手のひらの上で踊らされるのは癪であるが、踊るしかない。

しかしどうせならば華麗に壮絶に踊りたかった。

犯人の手のひらを摩擦で燃え上がらせるほど激しく踊りたいというのが俺の本音だ。

「誰が犯人かは知らないが、姫様に手を出したことを死ぬほど後悔させてやる」

それがアリアローゼの騎士、リヒト・アイスヒルクの偽らざる気持ちであった。

†

エルラッハに仲介を頼み、十傑選定試験を受けさせてもらう。

マリーいわく、向こうから誘ってきたのになんで選定なの？　とのことだが、それに対して序列三位のアレフトはこう説明する。

「十傑の伝統なんだ。そもそも君は十傑の伝統に反して歴史上、唯一、下等生《レッサー》として試験を受けるんだからそれくらい受容してくれ」

すでに特別な計らいをしている、と恩を着せてもらっているわけだが、ここでごねて選定試験を受ける資格を喪失するのも困るので、甘んじて選定試験を受ける。

「そうでなくては」

アレフトはにやりと糸目を細めると、選定試験の内容について話した。

「選定試験の内容は妹さんに聞いているかな」

「いや」

「妹さんは賢明だ。試験内容は他言しない。十傑の誓約にある」

「まるで秘密結社だな」

「…………」

その言葉にアレフトの糸目が僅かに反応したような気がした。核心を衝いた言葉なのかもしれないが、今はそれについて追及するときではない。

そんな俺の心を察したのかは分からないが、アレフトは勿体《もったい》ぶることなく十傑選定試験の内容について語り出した。

†

アリアローゼの館、穏やかな寝息を立てる聖なる少女の横で、メイドさんは「ううむ」と唸《うな》った。俺が十傑選定試験の内容を伝えたからだ。

「さすが、学院上位一〇人が集うだけあって、一筋縄ではいかないわね」

メイド服に皺《しわ》ができるほど腕を組みながら難儀しているが、当の本人である俺は呑気《のんき》に紅茶を飲んでいた。マリーはそれを咎める。

「こりゃ、そこの最強不敗、なに余裕かましてんのよ」

どこからか取り出したお玉で俺の頭を叩《たた》こうとするが、颯爽《さっそう》とかわすとさらなる余裕を見せる。

「なあに、そんな難しい試験じゃないさ」

「いや、さすがに舐《な》めすぎでしょ。心技体、すべてにおいて上位であることを示さなきゃいけないんだから」

そう言うとマリーは先ほどアレフトに貰《もら》った試験内容の書かれたパンフレットを取り出す。

「まずは心の試験。十傑たるもの勇者よりも勇敢で、雄牛よりも勇猛でなければならない。それを示すため、エヴィの山に登り、火竜の逆鱗《げきりん》に触れよ、と書いてある」

「ならばそのまま実行すればいいじゃないか」

「あのね、あんた。エヴィの山を知らないの？」

「王都近郊にある深山幽谷の禿山《はげやま》。標高二二三〇メートル。最初に踏破した冒険者はエリクス・フォン・ガーデン男爵。王都近郊にあるにもかかわらず、登頂を果たせずにいたのは、山頂に凶暴な火竜が住んでいるから」

「辞書丸暗記してるのかよ！　ってくらい詳しいじゃない」

「とある事情でテストで一〇〇点を取らないといけないのでね」

「ならば知ってるでしょ。エヴィ山の上に住む災厄の竜を」

「知っている。災厄竜エビル・マガトだろう」

「教科書にも出てくるドラゴンよ。やばいったらやばいのよ」

マリーの語彙が幼稚なので補足するが、エビル・マガトは歴史書にも記載されるような古竜で、歴代のラトクルス国王が討伐を試み、誰ひとり成功しなかったという戦歴を誇っている。

ちなみに五代目の王のときにエビル・マガトに挑む愚かしさを悟り、以後、討伐軍は組織されていない。

災厄竜などという呼称であるが、人類に災厄をもたらしたことはないのだ。エヴィの山周辺から出ることはないし、街を襲ったという記録は残されていない。

〝別名、心優しき巨大蜥蜴《とかげ》〟の二つ名を持つ古《いにしえ》の竜で、その圧倒的なまでの力が災厄に喩えられているだけに過ぎない。

もっとも過去に記録がないだけで、有史以前の素行は分からないし、明日の行動も不明であるが。今、この瞬間、人類に災厄をもたらす可能性はゼロではなかった。

そんな竜を度胸試しに使うというのだから剛気なものである。

そのような感想を口にすると、俺は旅の準備を始める。

「危険《リスク》を弄ぶのは趣味じゃないが、やれと言われればやるまで」

災厄の竜相手に気を引き締めながら荷物の取捨選択を始めるが、それを手伝ってくれる妹は呑気だった。

「おやつは三〇〇円までだけど、フルーツはノーカウントだから、フルーツの盛り合わせを持っていきましょう。それと兄上様に見られる可能性が高いから、下着は新しいのにしないとね」

「…………」

荷造りくらい自分の部屋でやってほしいが、彼女の行動を要約すると、自分も付いていきたい、ということだろうか。

――いや、付いてくる、と断言してもいいだろう。今さらのことなので追い払ったりはしないが、一応、十傑の誓約に違反しないか尋ねる。

「試験内容を事前に漏洩《ろうえい》しなければ問題ありません」

断言するエレン。

「それに別に十傑に未練はないので試験内容を教えてもいいです」

「俺と同じ組織に所属できなくなるぞ」

そうでした、と言わんばかりに口にチャックをする仕草をする。

「試験を手伝うのも誓約に反するので助力はできませんが、そんな必要もないでしょう」

「その心は？」

「兄上様ならば鮮やかに選定試験をクリアされるからです」

「そうありたいものだな」

そのように纏《まと》めるとマリーの用意してくれた馬車に乗り込み、エヴィの山へ向かった。

揺れる車内、ふたつの神剣を足下に置き、祈りを捧《ささ》げる。

その姿を見てマリーが「意外ね」と呟《つぶや》く。

「あんたもビビることがあるんだ」

「こう見えても人の子だからな」

「人の形をしたなにかだと思ってた」

「義理の母親にも同じ台詞《セリフ》を言われたよ」

「…………」

俺がナーバスになっていることを察したのだろう。マリーは沈黙をもって節度を守る。

「……大丈夫、あんたなら逆鱗を手に入れられるから」

「それは疑っていない。心配は〝間に合うか〟だけだ」

俺はベッドで眠る少女に視線をやる。

「エヴィの山まで丸一日、往復で二日は消費するわね……」

「その後、技と体の選定試験にも挑まなければいけない。制限時間ぎりぎりだな」

「大丈夫、なんて気休めは必要ないわね。さっさとすませるわよ」

腕まくりをして力こぶを作るが、メイドさんの腕は細く白い。なんなら「マリーが代わりに災厄竜の逆鱗に触れたっていいんだから」とのことだが、か弱き女性を竜と戦わせるなどあり得なかった。

「それに俺の目的は十傑になり、序列一位のアーマフを引っ張り出すこと。ただ選定試験を突破したのでは面白くない」

俺ができもしないことを言わないことを知っているエレンはにやりと笑う。

「兄上様、やる気ですね」

「ああ、面白いものを見せてやるよ」

そのように宣言した一五時間後、有言実行する。

俺は誰しもが真似《まね》できない方法で古竜エビル・マガトの逆鱗に触れることに成功したの

だ。

その光景の一部始終を見ていた十傑の試験官は度肝を抜かれ、呆気《あっけ》に取られる。まさかこんな方法で逆鱗に触れるものがいるなど想定していなかったようだ。


十傑の選定試験、心技体の心をはかる試験。

エヴィ山の災厄竜に触れ、己の勇気を示す。まるで蛮族の成人の儀式のようであるが、規模が違うだけでやっていることは同じだ。ロープを足に巻いて崖から飛び降りるか、怒り狂う竜の背にまたがるかの違いでしかない。しかし、俺は過去の十傑、誰もが真似できない方法で逆鱗に触れてみせた。

過去、この試験を受けた十傑たちは多くの場合、エビル・マガトに気がつかれないように接近し、逆鱗に触れた。

逆鱗は触れるごとに生える場所を変える性質があるので、事前に調査し、逆鱗がある箇所を確認してからの作業となる。この試験は勇気をはかるためにあるが、蛮勇を求めているわけではない。知性を持った勇気、十傑に相応《ふさわ》しい洗練された勇気を求めていた。

しかし、俺は蛮族よりも勇猛果敢に、あるいは無謀に逆鱗に触れた。事前に調べている時間はないと判断した俺は、災厄竜の目の前にあえて飛び出す。

そして古竜を挑発するため、弓を振り絞り、矢を放つ。震える弦《つる》から放たれた矢はまっすぐに古竜の鼻先に突き刺さるが、致命傷どころか蚊に刺された程度のダメージしか与えられなかった。無論、計算の上だ。さらにいえば災厄竜は多くの眷属《けんぞく》、下位竜《レッサー・ドラゴン》を従えていることも知っていた。

主人を攻撃されたことを知覚したレッサー・ドラゴンたちは怒り狂いながら俺を捕食しようと襲いかかってくる。翼に力を込め、最小の動きで飛び上がるドラゴンの群れ。壮観であるが、俺は彼らを利用し、本命《エビル・マガト》に近づく。

古竜の周りに浮遊するドラゴンたちを利用したのだ。

空を飛ぶドラゴンたちを利用し、三六〇度、あらゆる角度から古竜を観察する。頭を踏みつけられるドラゴン、翼を踏まれるドラゴン。まさか自分たちを〝足場〟にされるとは思っていなかったドラゴンたちは困惑するが、彼らの心に思いを巡らすことはなく、逆鱗の位置を探し出す。後方斜め七五度の角度から見たとき、尻尾の付け根に一枚だけ逆さの鱗《うろこ》を発見した俺は、そのままドラゴンを利用し、最短の距離で古竜の懐《ふところ》に潜り込んだ。

そして放たれるエックスの文字。

聖剣ティルフィングと魔剣グラムの斬撃は、屈強な古竜の鱗の一部をなんなく剝がした。

古竜の逆鱗を斬り取り、それを懐に収めると、「騒がしてすまないな」と軽く頭《こうべ》を垂れ、そのまま古竜から離れる。

その姿を見て試験官は、

「逆鱗には触れるだけでいいのに、ここまでされては一〇〇点を付けざるを得ない」

と唸《うな》る。

エレンは、

「さすがは兄上様ですわ」

と飛び跳ねていた。

マリーは、

「ぐうの音も出ないわ」

と呆《あき》れていた。

†

逆鱗を試験官に渡すと、そのまま馬車に飛び乗り、とんぼ返り。即応態勢を整えていたので僅かな遅れもない。

「さすがは凄腕《すごうで》のメイドさんだ」

マリーは俺が竜と戦っている僅かな時間に現地で馬を調達していた。疲れていない駿《しゅん》馬《め》を金に糸目を付けず買い揃《そろ》えたのだ。

マリーの手はずと、俺が最短で逆鱗《げきりん》に触れたことにより、通常丸二日はかかるところを半日ほど短縮することができた。この半日があとになって大きく響いてくるはずである。

メイドさんとそのように確認し合うと、揺れる車中で第二の試験について相談する。

「心技体、の技の試験ね」

「心は勇気を試す試験だったが、技の試験は人心を得る試験のようだな」

アレフトに貰《もら》ったパンフレットを見るが、技の試験は意外なものであった。

「中等部の五一パーセント以上の推薦状を集めよ、か」

「意外な内容──でもないか。十傑は学院の代表、人心を得られぬものになる資格はないってことね」

「ちなみに私は八八パーセントの推薦状を得ることができました」

えっへん、と胸を張るエレン。かなりの高支持率だが、妹は容姿端麗、頭脳明晰《めいせき》、文武両道、さらに性格もいい。同世代の生徒の憧れの的であった。当然の数字だろう、と述べる。

「ならば兄上様も簡単に支持が集まりますね。だって私は兄上様の下位互換なのですから」

　容姿も頭脳も文武も俺のほうが遙《はる》かに上、とのことらしい。過大評価であるが、マリーも同意する。エレンはなんですって、とマリーを睨《にら》み付ける。狭い車内が険悪な雰囲気になるのでふたりを引き剝がすが、俺は冷静に自己分析する。

「仮に俺がエレンの上位互換だとしても絶対に劣っている部分がある」

「そーよそーよ」

「どこがですか。そのような箇所はありません」

「性格かな」

「兄上様の性格は世界一いいです。正義感に満ちあふれ、慈悲と慈愛に満ちています」

「でも、他人に興味がない淡泊な性格をしてるわよね。友達はクリードくらいしかいないし」

「……う」

「学院のほとんどの女生徒には好かれているけど、その代わり半数の男子生徒には憎まれている」

「…………うう」

「他人の誤解を解こうという行動も一切見られないし、協調性にも欠けます、と通信簿の欄に絶対書かれるタイプ」

「…………………ううう」

エレンは振り絞るような声を出すしかないようだ。すべてが的を射た意見だからだ。

「仮に五〇パーセントの女子の票を取れたとしても五〇パーセントの男子の票が取れなければ意味はない。五一パーセント、過半数の推薦状が必要なのだから」

「兄上様のように好き嫌いがはっきりするタイプは不利ということですね」

「そういうことだ」

「しかし、だからといって諦めるのですか？」

「まさか。ここまできて諦めるはずがない。学院に帰り次第、選挙活動を始めるさ」

「帰り次第？　それじゃあ、遅いわ。マリーが先に帰って根回ししておいてあげる」

「さすがは王女様一の家来だ」

「多数派工作は得意分野よ」

えっへん、と胸を張るが、エレンより態度もサイズも大きいと指摘すれば、女性票をふたつ失いそうなので沈黙によって節度を守ると、マリーに工作を一任した。

「合点承知の助《すけ》！」

とマリーは素早い動きで馬車に併走させていた馬に飛び乗る。最初から用意させていたようだ。ひらひらとメイド服をなびかせながら最後にこのように言い放つ。

「女性票固めと、男性票の切り崩し、どっちがいい？」
「女性票固めで頼む」
「男性票の切り崩しは自分でやるのね。自信あるの？」
「ない。だから自分でやる」
「もっともな意見だわ」

くすりと笑うと、マリーは「はいよー」と駿馬に鞭《むち》を入れる。彼女の姿が小さくなり、見えなくなると、俺はその場に寝転び、体力を温存させる。見かけ上は〝まだ〟涼やかであるが、強行軍によって俺の体力は減っていた。今、眠らずに馬を駆けさせ、王都に戻っても焦燥した姿を衆目にさらすだけであった。

「大衆は疲れ切った指導者よりも、若く健康的な指導者を求める」

異世界にこんな話がある。

合衆国《ユナイテッド・ステーツ》なる国でふたりの指導者が大統領の座を争った。ひとりは経験と自信に溢《あふ》れた壮年の指導者、もうひとりはその対立候補で若く理想に燃える指導者。ふたりの支持層はくっきりと分かれたが、勝利の決め手になったのは合衆国初の公開討論であった。

テレビなる魔法の箱の前で行われた公開討論、若い指導者はテレビ映えを意識したスーツを選び、化粧まで施して〝若さと健康〟を前面に押し出した。

一方、壮年の指導者は連日の演説で疲れ切っていた上、テレビ映りを軽視し、映えない地味な色のスーツを着て公開討論に挑んだ。

――結局、その公開討論がターニングポイントとなり、若い指導者、ジョン・F・ケネディが合衆国の第三五代大統領となるわけだが、この故事は参考にすべき先例であった。

「たしかに一週間というタイムリミットがあるが、だからといって無為無策で突っ走っても意味はない」

極論をいえば王女の命が無事ならば、蒼《あお》い蜘蛛《くも》の毒針がその心臓を貫く直前まで悠然としているのが俺たちの務めであった。焦《あせ》るあまり犯人を突き止められなければすべてが水泡に帰するのである。

「冷静な頭脳に熱い心、今必要なのはそのふたつだ」

高ぶる己の心を抑えながら、横になる。

エレンも今は我《わ》が儘《まま》を言うべきときではないと自覚しているのだろう。横で静かに寝息を立てていた。俺はそんな妹の吐息を感じながら眠りにつく。

（……そういえば兄妹《きょうだい》ふたりで寝たのは久しぶりだな）

エスタークの城にいたときは夜中に枕を持って俺の部屋に忍び込んできたものだ。僅かに懐《なつ》かしさに包まれながら、眠りに落ちた。五時間五九分、理想的な睡眠時間を確保すると馬車は王立学院の敷地《しきち》に駐《と》まっていた。

†

学院に戻るとそのまま選挙活動に入る。

十傑選定試験についてはすでに告知してあり、五一パーセント以上の推薦人が必要なことも周知してあったので、朝、通学途中の生徒にビラを配っても混乱は生じなかった。

ただ想定していた反応は貰うが。

推薦状を必要とする旨《むね》が書かれたビラを生徒に渡すと、二通りの反応に分かれる。


快くビラを受け取ってくれる生徒。

ビラを受け取ることなく、足早に立ち去っていく生徒。


想定通り、前者は女生徒に多い。

後者は男子生徒に多かったが、さらに反応を分けると、ビラを受け取ると喜ぶ生徒もいた。皆、「絶対に投票しないと」と息巻いている。

俺も嫌われたものだな、と吐息を漏らすが、今までのように我関せずを貫くことはでき

ない。俺に敵意を持つ生徒に、

「推薦状、なにとぞ、よろしくお願いいたします。俺が十傑になれば学院生活の向上を約束します」

と深々と頭を下げるが、それに対する反応はひどいものであった。目の前でビラを破り捨てられる。丸めたビラを頭の上に置かれる。その他、あらゆる悪態をつかれるが、それでも俺は彼らに頭を下げ続けた。

推薦状を集める期限は明日正午、その僅かな時間に彼らの心を氷解させ、票を得なければ俺は十傑になれないのだ。真剣な面持ちでビラを配り続けた。


学院での選挙活動は多くのものたちが協力してくれた。

寮母であるドワーフのセツは学生寮の食堂にチラシを貼ることを許可してくれた。また、懇意の生徒に盛り付けを行うとき、「リヒトちゃんに清き一票を」と言ってくれた。盛り付けの量を心ばかり増やしてくれているのが有り難《がた》い。これは食べ盛りの男子生徒には効果覿面《てきめん》であり、俺に敵意のない男子生徒の票を大量に得ることができた。

また友人のクリードは率先して男友達を説き伏せてくれた。

男子に顔が広い彼は「リヒトはいいやつ」「十傑になったら俺たち下等生《レッサー》の誇りとなる」

と説き、下等生《レッサー》の男子を中心に多くの票を集めてくれた。

アリアローゼのそっくりさん、かつて俺が救った女生徒ハンナは、取りこぼしていた女生徒を中心に票集めを手伝ってくれたし、寮長であるジェシカ・フォン・オクモニック女史は主宰する同人紙サークル、『薔薇《ばら》と百合《ゆり》が咲き乱れて』のメンバーを中心に票固めをしてくれた。

エレンを除く知人縁者が皆、協力をしてくれたのだ。その様子をエレンは、

「これも兄上様の人徳です。人徳がありすぎて嫉妬するものもいますが、ほとんどの人は兄上様の魅力にぞっこんです」

と評した。

「皆が手伝ってくれたからさ」

「兄上様の魅力、御友人たちの協力によって現在、四九パーセントの票を確保しています」

どこからか取り出してかけた伊達《だて》眼鏡をくいっと上げる。美人有能秘書官を演じているらしい。

「残り二パーセントか」

「意外だったのは女性票を全部確保できなかったことです」

「そりゃ、女性にも好みはある」

「ですね。兄上に振られたもの、魅力を分からぬものはアンチになったようです」

「その代わりセッさんとクリードのおかげで下等生《レッサー》の男子票が意外と確保できた」

「セッさんは男子生徒の胃袋を握ってますし、クリードさんは人当たりがよくて男子生徒からの信望もあります」

「有り難いことだ。しかし、一般生《エコノミー》や特待生《エルダー》の男子には人気がないな」

事前調査報告と書かれた書類に目を通すが、その層の支持率の低さにめまいがする。

「逆に言えばこの層を僅かでも切り崩せば残り二パーセントは確保できます」

「そうだな。そうするしかないな」

「なにか秘策はありますか？」

「ない。だから正攻法で行く」

「……正攻法ですか？」

「ああ、土下座して頼み込む」

「兄上様！」

エレンは血相を変える。

「どうした。乾燥パスタの湯切りに失敗したみたいな顔をしてるぞ」

茶化すが、妹は笑ってくれなかった。

「兄上様は誇り高きエスタークの血筋です。他人に頭を下げるなど」

「今はアイスヒルクの人間だ。それにこの頭を下げて済むのならばいくらでも下げる」

「しかし、兄上様は他に兄上や母上に対しても土下座だけはしなかったではないですか」

「………」

過去を思い出す。あれは俺がまだ八つの頃だったろうか。兄たちの悪戯《いたずら》によって城の廊下に飾ってあった絵画を破いた罪をなすりつけられたとき、俺は義理の母親に土下座を強要された。やってもいない罪の謝罪を強要されたのだ。

今にして思えば義理の母親のミネルバは犯人が自分たちの息子だと知っていたのだろう。その上で俺に土下座を強要させたかったようだ。

当時母親が死んで間もなく、さらに城で孤立していた俺は、土下座して謝罪せざるを得なかったのだが、絶対に、土下座をしなかった。

頭を地にこすりつけた瞬間、すべてが終わってしまうような気がしたからだ。

身体《からだ》だけでなく、魂までこいつらに隷属してしまうような気がした俺は、絵を破いた濡《ぬ》れ衣《ぎぬ》は受け入れたが、土下座だけは断固拒否したのだ。

使用人たちに押さえつけられてもテコでも動かなかった。

その様に怒り狂ったミネルバは、俺を牢《ろう》に連れて行き、鞭打《むちう》ちの刑と食事抜きの刑に処した。全身に蚯蚓腫《みみずば》れが残るほどの鞭を受け、一週間、水しか与えられなかった。

エレンはそのときのことを鮮明に覚えているのだろう。なにせそのとき、隠れて食料を差し入れてくれたのは彼女であったし、今も鞭の痕が残っていた。

エレンがそのときのことを思い出し、心を痛めていることを察した俺はこう言った。

「鞭打ちよりも食事抜きがつらかった。あのとき差し入れてくれたレーズン・パンの味、一生忘れないよ」

「兄上様……」

「塩味が利《き》いていた」

そのように戯《おど》けると俺はアンチである男子生徒たちひとりひとりに土下座をし、推薦状に〇のマークを書いてくれるように頼んだ。

鞭打ちされてまで土下座を拒否した男、学院に来てからも誰にもこびを売ることがなかった男が自尊心をかなぐり捨てて頭を下げたのである。

その裂帛《れっぱく》の気迫、思いは俺を憎む生徒の心を僅かだが氷解させた。

俺を恵まれているもの、すかしているものと思い込んでいた一部の一般生《エコノミー》や特待生《エルダー》の心を動かしたのである。

俺は二パーセントの票を切り崩し、俺のことを誤解していた生徒たちの推薦状を得ることができた。五一パーセント、本当にギリギリの数字であるが、王立学院の生徒たちの推薦状を得ることができたのだ。

入学試験のときは〝わざと〟ギリギリで入学したものだが、今回に限っては、本当に落第すれすれであった。最強の下等生《レッサー》の二つ名は選挙では通用しないようだ。しかし、第二の試験は突破した。

これも推薦人募集活動に協力してくれた仲間のおかげである。

協力してくれたもの、ひとりひとりに会って礼を言う。

ドワーフのセツは、

「気にしなさんな。おばちゃんは判官贔屓《ほうがんびいき》だからね。それにあんたみたいな大食漢の男が好きなのさ」

うちの旦那も大食漢でね、あのビール腹に惚《ほ》れたのさ。そういえばあんたはうちの旦那の若い頃にそっくりだね、と続くが、彼女も彼女の旦那さんもドワーフであることは突っ込まないほうがいいだろう。

友人のクリードは、

「〝親友〟だろ」

の一言で済ませた。学院に来てから初めてできた友人、いや、親友にはもはや言葉は不要なのだろう。互いに握りこぶしを付き合わせると、

「なにがあったか知らないが、頑張れよ」

と結んだ。俺は笑顔で「ああ」と答えると踵《きびす》を返す。

その光景を鼻血交じりで見つめるのは寮長のジェシカ。性的指向が偏っている女史であるが、彼女には感謝してもしきれない。今回の件もだが、寮生活も彼女のような公正にして厳格な人物が取り仕切ってくれているから、俺のような目立つ生徒も快適に暮らせるのだ。彼女には礼を言うとともに、同人紙『薔薇と百合が咲き乱れて』の題材を提供することで恩返しする。

最後にアリアにそっくりな女生徒ハンナにも感謝を述べるが、彼女の顔立ちを見ていると今回の件で一番感謝しなければいけない人物がいることを思い出す。

俺は学院の売店で花を購入する。ノルンと呼ばれる多年草の花で花言葉は、

〝一日でも早く逢《あ》いたい〟

であった。

病で眠りについている彼女にはぴったりである、と俺は眠り姫に付き添っているメイドに花を渡す。彼女がベッドサイドのチェストの上にある花瓶に花を活《い》けている間に、アリ

アの表情を見つめる。穏やかに寝息を立てていた。

ただ深い眠りについているかのように穏やかであったが、毛布をめくると彼女の右腕には蒼《あお》い蜘蛛《くも》が蠢《うごめ》いていた。蜘蛛は肩口まで達している。

あと数日で蒼い蜘蛛は心臓に達し、彼女の心臓を貫くだろう。

それを阻止するのがアリアの護衛である俺の務めであった。

アリアローゼの騎士として改めて彼女を護《まも》る誓約を立てると、彼女に礼を言う。

「君のおかげで誰かに頭を下げられる人間になれた。人に好かれたいと思えるようになった。早く礼を言いたい」

だから一刻も早く目覚めてくれ、心の中でそう結ぶと、第三の試験を受けるため、アレフトのところへ向かった。

†

心技体、心の試験は勇気を試すもの、技の試験は人心を得るもの、ならば体の試験はなんであるかといえば単純なものであった。

十傑の中でひとりを指名し、そのものを打ち倒す、であった。

「単純にして明快ね、分かりやすくて助かるわ」

とはマリーの言葉であるが、俺も同じ感想を持っていた。

ただ、ひとつだけ過酷なところがあるとすれば、それは対決するものを挑戦者が選ばなければいけないことであった。

十傑の中からひとりを選び、そのものを打ち倒さなければならない旨《むね》をアレフトは伝えてくる。

「そんな決まりがあったのか」

軽くエレンを見るが、彼女はこくりと頷《うなず》く。

「一応、誓約で言ってはいけない決まりでしたので黙っておきました」

「まあ、いいさ。ちなみに序列一〇位まで誰を選んでもいいのか？」

エレンは首を振る。

「最近十傑になったものは駄目です」

「それが許されるのならば新入りを挑戦者に選ぶのが道理だものな」

「はい。当然ですが、十傑に勝利しなければ十傑にはなれません」

「ならば当然、序列一〇位を選ぶものが多いはずだが」

「一〇位は残念ながら欠番です。九位の私も先日なったばかりなので対戦不可です。私が対戦相手ならば〝便宜〟をはかれるのに……」

「誇り高きエスタークの娘がそんなことを言うものじゃない。それにおまえは兄を舐《な》めすぎだ」

「兄上様ならば十傑の〝下位〟ならば一蹴できる、と？」

「ちょっと違うが、まあ、概《おおむ》ね合っている」

「しかし、それは十傑を舐めすぎです。この試験は遊びではありません。順位入れ替え戦も兼ねているのです」

「というと？」

「この試験は十傑の序列見直しも兼ねているんです。もしも新入りに負ければ降格もありえます」

「十傑の順位は勝負によって決まるのか？」

「それだけではありません。組織に対する貢献度、序列上位からの信任、あらゆる能力が査定され、学期ごとに決まります」

「おめおめと新入りに負けたらマイナス査定ということか」

「はい。ですから私以外は本気で襲い掛かってくると思ってください」

「となると新入りとおまえ以外の人物で、なるべく勝てる相手を指定すればいいのか」

「はい。エルラッハさんとエルザードさんも選択できません」

「一〇位は欠番、九位、八位、七位も駄目」

「となると六位を選択するかい？」

アレフトが穏やかな笑顔で尋ねてくる。

「六位はシスティーナだな」

「システィーナ・バルムンク、勝ち気な怪力娘。名うての大剣使いだ」

「システィーナ嬢ならば何度も勝利しています。彼女ならば勝率は高いけど」

「たしかに何度も決闘していて御しやすいが、彼女の腕前は日ごとに向上している」

「負ける可能性もあるということですか？」

「それはない。しかし、選択肢から外したい」

俺の目的は十傑の全員と手合わせすること。剣を交えれば相手の本質が分かり、犯人の目星が付けられる。システィーナの人となりは知り尽くしているので今さら剣を交える必要はなかった。

「ならば五位のヴィンセントかい？　先日、勝利したばかりだが」

「やつにも負ける気はないが、遠慮する。〝一度戦った相手〟は眼中にない」

「となると必然的に四位のマサムネになるけど……」

「そうだな、それがいい」

「正気かい？　マサムネの抜刀術は飛燕《ひえん》すら打ち落とすよ」

「ならば三位のあんたでもいいが」

「おっと、それは困る。〝わずか〟でも負ける可能性がある相手とは戦いたくない」

「あんたも言うじゃないか。ま、こっちとしてはなるべく早く十傑全員と手合わせしたいんだよ。あんたともやってみたいが」

「光栄だね。端的に事実だけ言うと十傑の四～二位の三人は実力が伯仲している。四位を倒せるのならば君の実力は一位に匹敵する、ということになる」

「マサムネを倒しただけじゃ一位を凌駕《りょうが》するとは認められない、と」

「残念ながらね。君はたしかに最強の下等生《レッサー》だけど、アーマフには及ばないね」

「そんなことはありません！　兄上様は最強にして不敗です！」

むきになったのは妹のエレンだった。

「そーよ、そーよ。このすかした下等生《レッサー》は強さだけは一番なんだから」

マリーも援護してくれるが、アレフトは冷静に言う。

「最強の下等生《レッサー》、善悪の彼岸の力を与えられた無敗の剣士」

「善悪の彼岸もばれているのか」

「十傑は耳が早いんだ」

にこりと笑うと彼は続ける。

「通常、どんなに優れた剣士も一本しか持てないはずの神剣を三本も同時に使いこなす歴史上でも希有《けう》な存在」

「手の内もしっかりばれてるな」

「そもそも三刀流自体、あらゆる時代の剣豪が夢見ては諦めている特殊な剣術だからね。まさかあのような方法で実現させるとは太古の剣神でも夢にも思っていなかったんじゃないか」

「どうも」

「しかし、それでもアーマフには勝てない」

「確信を持っているのね。根拠はあるの？」

マリーは食い気味に尋ねる。

「あるさ。アーマフも三本の神剣を同時に使いこなす」

その言葉にマリーとエレンは、

「「な、なんですって⁉」」

と反応するが、それも仕方ない。俺ですら眉を動かしてしまった。

「あ、ありえません！　善悪の彼岸の力はアリア様だけが与えることができる超越的な力」

「そうよ。どの文献にも善悪の彼岸の力を得られるものは同じときを生きられない、とあるわ」

「僕にすごまれてもね。アーマフに言ってよ」

あんたんとこのボスでしょ、とマリーは詰め寄るが、アレフトは十傑はそんな仲良し組織じゃないよ、と反論する。

「まあ、アーマフの能力自体、謎に包まれているが、〝君とは違った手法〟で三本の神剣を使いこなすと思っていて」

「情報有り難《がた》い。ますます興味を持ったよ」

「どういたしまして。それで対戦相手はマサムネでいいのかな？」

「ああ」

「じゃあ、午後、決闘広場に向かわせるよ。ちなみにマサムネの得意技は抜刀術だ」

「手の内を晒《さら》しすぎじゃ？」

「言ったろ、十傑は仲良し組織じゃないって」

クスクス笑うと糸目の男は背中を見せ立ち去っていった。

足音も立てずに歩く様は聖職者に見えなかったが、今はそこを追及するときではないだろう。十傑選定試験の最終試験、体の試験に合格しなければならない。

目下のところ集中すべきは十傑最強の抜刀術使いマサムネの攻略法を考えることであった。

†

王立学院特待生十傑《エルダー》は馴《な》れ合いの互助会ではない。

生徒会と揶揄《やゆ》されることもあるが、それも表向きで、真の目的は上位のものにしか知らされていなかった。

十傑の真の目的を知るものは、序列四位のマサムネ、序列三位のアレフト、序列二位のフォルケウス、――そして一位のアーマフだけであるが、真実を知るもののひとり、マサムネは最近、違和感を覚えていた。

「……アレフトの動きがおかしいな」

アーマフを頂点とした十傑であるが、実質的に指導的な役割を果たしているのはマサムネとアレフトとフォルケウスだった。

前回の十傑会議のとき、リヒト・アイスヒルクを十傑にしようという議題が上がった。マサムネを始め、多くのものが反対したが、上位者であるフォルケウスとアレフトが賛成に回ったため、「本人にその意思があれば認める」という妥協案を呑《の》んだのだ。

十傑であることに誇りを持つマサムネにとってその提案は信じられぬものであった。ゆえに序列五位のヴィンセントが喧嘩《けんか》を売りに行くことを知っていながら止めなかったのだ。

「……まったく、ヴィンセントも存外使えない男だ。やはり十傑は上位と下位で別物だな」

十傑という組織には一位から一〇位まで明確な序列がある。

建前上は全員が〝同志〟ということになっているが、序列が高いものが低いものを指導する決まりになっている。

特に序列四位以上は別格と評されることが多い。

五位以下とは明らかな実力差があり、さらにいえば最上位のものにしか十傑の真の目的は知らされていないのだ。

マサムネは中等部のときに十傑一〇位となり、順調に序列を駆け上がり、四位となった。以来、アレフトとフォルケウスと切磋琢磨《せっさたくま》し、序列二位から四位を行き来している。互いに実力が伯仲していて、なかなか順位が定まらないのだ。

武家の家に生まれた身としては不甲斐《ふがい》ないが、アレフトもフォルケウスも戦士として尊敬できる人物なので不服はない。それにここ数年、四位の座は死守し、十傑の〝秘密〟を三人で独占していることも誇りに思っていた。

「我々こそが人類の救世主となり、子孫に恩人と感謝されるべきなのだ」

マサムネはそのように断言する。

選ばれた〝人類〟であることを誇りに思うマサムネ。自分は優良種であり、超越者だと信じて疑っていない。ゆえにその輪に入ろうとする異分子は目障りであった。

「ヴィンセントは許そう。やつは特待生《エルダー》であり、誇り高き戦士の家柄。新参の氷炎姉弟も未熟であるが、生まれは悪くない」

問題なのは薄汚い野ねずみと、あの不快な男の娘である。

薄汚い野ねずみとはフォンの称号もない落とし子リヒト・アイスヒルク。やつはあろうことか下等生《レッサー》の身分でありながら、十傑になろうとしている。

もうひとりはシスティーナ・バルムンク。やつは十傑とは〝対極〟の思想を持つ男の娘だった。おそらく、いや、確実にランセル・フォン・バルムンクの手駒として十傑になり、内情を探っているのだろう。

今はまだ六位ゆえ、十傑の真理には触れさせていないが、やつが十傑上位に食い込めば十傑創設時より語り継がれている機密文書にアクセスする権利が与えられる。そうなれば敵に手の内を知られるようなものであった。

「……まったく、内憂外患とはこのことだ」

十傑の本流であり、選ばれしものであるマサムネとしては、内憂であるシスティーナの伸長を防ぎつつ、外憂であるリヒトの十傑を防ぐという目的があった。

そのためには体の試験を担当するのは願ったり叶《かな》ったりであるが、リヒトがなぜ、自分を指定したのか、不明であった。

マサムネはアリアローゼが刺客に襲われた事実を知らないのである。

「……まあ、おれも舐《な》められたものよ」

自嘲気味に笑うが、怒りの成分も多分に含まれる。

「どんな事情があるか知らないが、好都合だ。決闘中の事故は責任を問われない」

命まで取るとはいわないが、二度と剣を持てない身体《からだ》にしてやるつもりだった。二度と十傑になろうと思わないようにしてやるのだ。不快な下等生《レッサー》など視界に収めるのも躊躇《ためら》われた。

マサムネは腰の五郎入道正宗に手を掛けると、

シュバ、
と抜刀術を放つ。

その迷いのない一撃は見事にテーブルを斬り裂き、その上に置かれたシスティーナとリヒトの写真を切断した。

「フォルケウスやアレフトの考えは分からぬが、やつらの思い通りにはさせぬ」

おれが選ばれしものの中の選ばれしものだ。

そのように纏《まと》めると正宗を納刀し、決闘広場へと向かった。


決闘広場に向かう途中、俺は悪寒《おかん》を覚えた。己の写真が切断されたことなど知るよしもないから、因果関係はないはずであるし、実際になかった。

俺が危機感を覚えたのは、赤い髪を持つ大剣使いが攻撃を加えてきたからだ。

「リヒト・アイスヒルク！　いざ尋常に！」

そのような口上を述べながら、己の身体ごと大剣をくるくると回転させながら突撃してくる少女。見知った顔だ。何度も決闘を申し込まれ、そのたびに撃退している娘。先日の剣爛《けんらん》武闘祭の準決勝で剣を交えた少女。宿敵であるランセル・フォン・バルムンクの落とし子にして十傑序列六位の少女だった。

彼女の強烈無比な一撃をかわすと、後方にあった岩が粉々に砕け散る。

「人間削岩機だな」

ありのままの感想を述べるとシスティーナは返答した。

「文学的な感受性ゼロのコメントだな」

「あいにくとロマンチストではないのでな。——というか、俺はこれから決闘を控えている。おまえと遊んでいる暇はない」

「これは遊びではない。ふたつの意味がある」

「手荒い説明だな」

皮肉を言うが、システィーナは気にせず、

「ひとつ、〝体〟の試験、なぜ、あたしを選ばなかった」

「諸事情があってな。手合わせしたことがない相手と戦いたかった」

「絶対、勝てる勝負に興味がないだけだろ！」

「…………」

沈黙したのは理由の一端ではあったからだ。仮に姫様の命がかかっていなくても、俺が彼女を指名した可能性は低いだろう。もう何十回も剣を交えているからだ。

「アリアローゼ様の命がかかっているとはいえ、許せん！」

と大剣を横薙《よこな》ぎにしてくる。

それを颯爽《さっそう》とかわすと返答をする。

「なんだ、事情は知っているのか」

アリア暗殺未遂という大罪は隠し通せるものではないので、王室には報告済みであった。バルムンク暗殺を教唆されていることは内密にしてあるが、諜報網《ちょうほうもう》に優れたバルムンク本人はすべてを見透かしているようだ。

「先ほど父上からすべて聞いた。アリアローゼ様の命が危険にさらされていると。王室の守護者として、リヒトに協力せよ、という命令も賜った」

「それがふたつ目の理由か」

「そうだ」

「アリアローゼを害そうとしたり、俺と決闘したり、娘を協力させたり、手のひらをくるくる返す男だな。おまえの父親は」

「父上を愚弄するな！」

脳天唐竹割りの大剣が飛んでくるが、それも颯爽とかわす。

「言葉と行動が真逆なのは、若年性認知症《しょう》と判断してもいいかな」

「違う！　父上の命令は絶対だ！　しかし、おまえの選択が許せないだけだ。なぜ、あたしを決闘相手に選ばなかった！　なぜ、父上はおまえばかり気にする！」

「…………」

父親に並々ならぬ劣等感を持っているシスティーナ、後者の問いが胸をかき乱しているのだろう。その気持ちは痛いほど分かるが、こんなところで体力を消耗しているときではない。

「要約すれば姫様毒殺未遂犯捕縛に協力してくれるということか？」

「ああ、そうだ」

「バルムンクになんの利益がある？」

「知らぬ！」

単細胞で猪突《ちょとつ》猛進のシスティーナ、高度な政治的な判断を読むことはできないのだろう。ただ、察するにバルムンクとしてもなにかしらの事情があるようだ。なにやら十傑は上位と下位で実力はもちろん、権限も大幅に違うようだし、意図があってこの娘も十傑に所属しているように見える。

「まあ、いい。手伝ってくれると言うのならば拒否する気はない」

俺との決闘によって姫様に隙が生じた。そのことを悪いと思っているのかもしれないし、あるいはこれを機会に和睦したいのかもしれない。いや、十傑とバルムンクは相容《あいい》れぬ思想を持っていて、これを機会になにかをしようとしているのかもしれない。

（……食えないおっさんだからな）

自分のことは棚に上げてバルムンク侯をそのように許すと、彼との間接的な同盟に合意した。

元々、俺はバルムンクを暗殺する気などないのである。

大剣を振り回すことをやめた娘に手を差し出す。

システィーナはそれを斬り落とすこともできたが、そのようなことはしない。「むむぅ」と唸《うな》った上で大剣を背中に装着し、手を差し出してきた。

「父上が命じられたから手を握るのだからな」

勘違いしないでよね！　と続きそうな態度であったが、握りしめた手のひらは力強かった。他人と組むことなど初めてのであるし、俺とともに十傑を調査することに好奇心を抱いているようだ。

「それではいざ、犯人探し！」

と指をさす様は少し可愛《かわい》かった。

†

システィーナとともに蒼《あお》い蜘蛛《くも》を探すにはまず俺自身が十傑にならなければいけない。そのためには十傑の序列四位マサムネを倒さなければいけなかった。

「さっさと倒しに行くぞ」

とはシスティーナの弁であるが、無策で決闘を挑む気はない。彼の情報を収集する。

「なんだ、リヒトは意外に慎重派だな」

『おまえが脳筋すぎるんだよ』

聖剣のティルはそう評すがコメントは差し控える。

「マサムネは序列四位、十傑でも三本の指に入る東方の血を引く剣士だ」

「そこまでは情報を得ている。抜刀術が得意だそうだな」

「ああ、神速にして飛燕《ひえん》の抜刀術を放つ。ぶっちゃけ、抜刀術だけならばリヒトよりも上かもな」

「手合わせしたことがあるのか？」

「ある。序列をかけて決闘を挑み、見事に負けた」

「やはり強いのか」

「ああ、とてつもなくな。しかも一刀で負けた」

「おまえが一刀で負けたのか？」

「自分でも信じられない。しかし、手も足も出なかったわけじゃないんだ。いい一撃を何度も当てた末に抜刀術を決められた」

「ふむ……」

「やつが最後に放った一撃、あれは圧倒的すぎた。避《よ》けることも防御することも敵《かな》わない」

「そんなに強力なのか」

「ああ、防御魔法陣《あんぜんそうち》付きの決闘でなければ、胴を真っ二つにされていたよ」

「さすがに決闘は防御魔法陣付きか」

そのようなやりとりをしていると、決闘広場の奥から声が響き渡る。野太く力強い声だ。

「俺も安全装置など不要だと思っているが、学院側が煩《うるさ》くてな」

序列四位のマサムネだ。彼はすでに到着していたようだ。

「遅いではないか。異世界の宮本武蔵《みやもとむさし》の真似《まね》でもしたのかな」

「すまない。そんな上等な策ではなく、途中、跳ねっ返り娘にエンカウントしてしまっただけさ」

がるる、と牙を剝《む》くシスティーナ。跳ねっ返りが気に入らないようだ。

「バルムンクの娘が立会人か」

「ああ、妹は黙って俺の戦いを見られないからな」

「賢明な判断だ」

「さあて、さっそく決闘といきたいが、勝敗はどう決める？」

「先に意識が絶たれたほうの負けだ」

「分かりやすくていいが、東洋人の血を引くならば〝剣道〟方式で決めないか？」

「駄目だ」

間髪容《い》れずに拒否する。

「おれの剣術と剣道は相性が悪くてな」

「なるほど、おおよそ、おまえの剣の秘密が分かったよ」

「ほう、当ててみよ」

「おまえは〝吸収カウンター〟型だろう」

「…………」

沈黙するマサムネ。ただ己の技を隠す気はないようだ。

「これだけの会話で察したか」

「ああ、それとシスティーナの話を総合した」

どういうことだ？　という顔をしたのはシスティーナだった。

「おまえが言ったのだろう。打撃は何度か加えられたが、結局、一太刀で負けたって」

「言った」

「マサムネはあらゆる打撃の攻撃力を吸収して、それを溜《た》め込み、最後に何倍返しにもする秘剣を使うんだよ」

「な、なんだって⁉」

驚くシスティーナ。

「…………」

悠然と構えるマサムネ。この期に及んでは隠す気は一切ないようだ。

「そうだ。俺の秘剣〝燕返《つばめがえ》し〟は相手から受けたダメージを何倍にもして返す最強のカウンターだ」

「当てただけで勝負が決まる剣道方式を嫌がったってことは、ダメージによって意識を絶たれない限り、いくらでも攻撃力を上げる技なのだろう」

「さすがだ。補足するところがひとつもない」

ただ、と続ける。

「秘剣の全容を見極めるイコール秘剣に打ち勝てる、ではないが」

不適に言い放つと、腰から脇差を抜き放つ。五郎入道正宗《ごろうにゅうどうまさむね》は〝燕返し〟用に温存するようだ。というか燕返し専用の決戦兵器なのだろう。この勝負、その決戦兵器を使わせた上で相手を上回らなければ、勝利は摑《つか》めない。

「……面白い」

同じくらい不敵に微笑《ほほえ》みながら、右手でティルフィングを抜き放ち、左手にグラムを抜く。

『えっきゅん（エッケザックスのこと）は使わないんだ？』

とはティルの疑問であるが、対人戦では小回りの利《き》くティルとグラムを使いたかった。

『さすリヒだね。分かってるじゃん』

ティルははしゃぐと、神気を発生させることで俺のやる気に応えてくれる。

こうして俺と序列四位のマサムネとの戦いが始まる。

剣を交えることによって相手の性格を察し、蒼い蜘蛛であるかどうか調べる。それが俺の基本戦略であるが、マサムネの放つ圧倒的強者感は俺をわくわくとさせた。

「剣士というものは度し難《がた》いな」

剣士の性《サガ》に呆《あき》れながら、俺の十字斬りが炸裂《さくれつ》し、マサムネがそれを脇差で受け止めた。

一瞬、魔力の火花が飛び散るが、それらはすべて五郎入道に向かっていく。身体《からだ》への直接ダメージだけではなく、防御した分のエネルギーも五郎入道に向かうようだ。

「まったく、チートだな」

「おまえの一撃も十分、チートだよ。脇差が吹き飛びそうだった」

と笑みを漏らす。強さを求めるふたりの剣。俺はこの時点でマサムネが青い蜘蛛ではないと察した。このものは下等生《レッサー》を見下す差別主義者であるが、卑劣な毒を使う卑怯者《ひきょうもの》ではないと悟ったのだ。毒使いの剣はもっと陰湿で糸を引いている。そのような結論に至ったが、だからといって勝負を放り出す気はない。

目下の目的を果たすには十傑になる必要があったし、この勝負に手を抜けばこの男に一生侮蔑されると思ったのだ。

自分よりも弱い男に軽蔑されようが、痛痒《つうよう》も感じなかったが、彼のように優れた剣士に軽蔑されるのは耐えられなかった。

だから本気を出し、マサムネを倒す！

そう誓った俺は出し惜しみすることなく、剣撃を加えていった。


三〇分後。

九〇近い斬撃と突きを払い、そのことごとくが二本の脇差によって防御《ガード》された。マサムネの剣術の真価はその飛燕のような素早さではなく、未来を予測するかのような防御力、あらゆる軌道を読む予測力にあると言ってよかった。

十傑序列四位は伊達《だて》ではない。今まで戦ってきた学院生の誰よりも手強《てごわ》い。

ただ、防御力は凄《すさ》まじいが、攻撃力はほぼない。俺の攻撃を受けながら時折反撃を加えてくるが、システィーナのような力強さも、エルラッハのような苛烈さも、ヴィンセントのような強烈さもなかった。

防御に特化し、すべての攻撃を受けることによって、五郎入道正宗に反撃の力を送り込む作戦のようだ。

(手の内を暴かれても動じないのには理由があった、ということか)

あとで何倍もの一撃が返ってくると分かっているこちらとしては戦術が限られる。敵にカウンターの抜刀術を喰《く》らう前に勝負を終わらせる、それしか方法はないといっても過言ではないが、その目論見《もくろみ》はことごとく失敗した。

先ほどから何度も魔法剣を放ったり、神気を帯びた一撃を放ったりしているが、そのどれもがガードされた。脇差によって防御され、いなされ、かわされる。そのたびに五郎入道正宗が鈍く光る。

　ぼわんぼわんと光を放つ。光を放つ間隔が短くなっていることから、もうじき破壊エネルギーが溜まりきることは明白だったが、残念ながら無為無策でそれを見守ることしかできなかった。

　俺はすでにマサムネの防御を崩すのを諦めたのである。

　そのことを察した右の剣が不平を述べる。

『ヘイヘイ！　最強不敗の神剣使い！　君の長所は最後まで諦めないこと。どんなときも小細工を弄することだろう。こんなに早く諦めてどうするの』

「人の心を覗《のぞ》き込むな」

『イヤですー。ワタシと君は一心同体なんだから。ワタシたちは朋友《ぽんよう》、ううん、比翼の夫婦だ』

「そりゃどうも。しかし、友達ならばもっと本質を理解してほしいな」

『どういうこと？』

　ほへ？　っと首を傾《かし》げるティルにグラムは言い放つ。

『主《あるじ》は敵の防御を突き崩すのを諦めただけだ。同じ土俵で勝負するんだよ』

『どういうことだってばヨ！』

少々残念な脳みそを持っているティルには直接言ったほうがいいようだ。俺は彼女を抜刀することで説明する。

『フガフガー！』

と鞘《さや》の中から文句を言うが、さすがのティルもすぐに気がついたようだ。

『あ、分かった。バルムンクを追い詰めた抜刀術を使う気だね』

『正解だ。聖魔二段式流水階段斬り《ホーリー・デーモン・カスケード・スラッシュ》を使う』

『あのバルムンクですらギャフンと言った技。これでマサムネも一巻の終わりだ』

『…………』

ティルは調子づくが、グラムは反応しない。

そのように単純なものではないと知っているのだろう。

たしかに俺の必殺技聖魔二段式流水階段斬り《ホーリー・デーモン・カスケード・スラッシュ》は強い。あのバルムンクを一瞬とはいえ上回る速度と威力を秘めている強力な技だ。しかし、序列四位のマサムネは抜刀術に特化した剣士。通常の攻撃を諦め、防御に特化し、止《とど》めの一撃に特化した戦士。そのような戦士が放つ抜刀術。俺の抜刀術よりも速い可能性が多々あった。

ただ可能性があったからといって今さら中止はできないが。やつの剣には俺の魔力がたっぷり溜まっており、いつでも放てる状態であった。今、抜刀術勝負に持ち込まなければ、こちらのほうがやられてしまう。そう思ったからこそ相手の土俵で勝負を決めることにしたのだが、この賭けは成功するだろうか。

　そのように思いながら聖魔二段式流水階段斬り《ホーリー・デーモン・カスケード・スラッシュ》を放つ。

聖魔二段式流水階段斬り《ホーリー・デーモン・カスケード・スラッシュ》は二段構えの抜刀術。一段目は囮《おとり》の抜刀術で、二段目を放つための伏線。一刀目の遠心力を応用した高等テクニックであったが、バルムンクには通用しなかった。俺よりも遥《はる》かに経験に勝る熟年の剣士はすべてを見通していたからだ。

　しかしこの剣士はどうだろうか。マサムネの名を冠した東洋の戦士、防御剣術に特化したこの少年は聖魔二段式流水階段斬り《ホーリー・デーモン・カスケード・スラッシュ》の仕掛けに気がつくだろうか。——もしも気がついているのならば、一段目に合わせて抜刀術を繰り出してくるはずであった。スピードが最高潮になった二段目の一撃を繰り出す前に決着をつけるのが、常套《じょうとう》手段であるが……。

　そのような考察をしながら一段目を放つが、やつは——。

　黒髪の剣士は一段目を防御した。

（やつは聖魔二段式流水階段斬り《ホーリー・デーモン・カスケード・スラッシュ》の真髄に気がついていない……!!）

　そのように確信したが、違った。

　マサムネは一段目の攻撃を受けたとき、にやりと口元を歪《ゆが》ませた。

（……やはりな）

気がついた上でわざと一段目を防御したのだ。さすればその一撃の威力を吸収できるから。二段目発動を確認した上で、そこからでも抜刀術で上回ることができると確信しているのだ。

（……抜刀術に関してはバルムンク侯以上ということか）

そのように悟った俺は諦観したかのように二段目を放つ——ことはなかった。そのような逃げ腰の一撃が達人に通じるわけがないのだ。二段目は必ず入れる！　そのような気合のもと、左腰にある魔剣グラムを抜き放つ。

「はぁぁあああ‼」

裂帛《れっぱく》の気迫であり、命を懸けた一撃であるが、魂を燃やし尽くすような一撃でも相手の速度を超えなければ意味はない。やつは俺よりも速い動作で抜刀術を加えてくる。今まで散々吸収した俺の攻撃力を添加した『飛燕《ひえん》返し』を発してきたのだ。

燕《つばめ》のような軌道で俺の喉元を狙う一撃、もしも防御魔法陣のない戦いならば致命傷の一撃だ。いや、防御魔法陣の上からでも首を刎《は》ねそうな一撃、それを俺は避ける。

ほんの一瞬、刹那のタイミングで躱したのだ。その瞬間、マサムネの余裕は崩れ去るが、これでもまだ勝負は付かない。飛燕の抜刀術は外れたが、二撃目があるのは向こうも同じだった。

斜め下から放たれた一撃は飛燕のような軌道を見せ、直角に曲がる。正確に俺の首を追尾してきたのだ。

通常ならばこれでジエンドであるが、俺の神経は昂《たかぶ》っていた。強敵の一撃、命のやり取りが俺の生存本能に火を点《つ》けていた。気がつけばグラムを手放し、両手にエッケザックスを抱えていた。

「ば、馬鹿な、三段目があるというのか……」

絶句するマサムネ。まさかいきなり大剣が現れるとは思っていなかった彼は虚を衝かれたようだ。

そして古代から虚を衝かれた戦士は脆《もろ》いものであった。

飛燕のような二撃目、それよりもコンマ数秒早く、やつの身体に大剣が触れる――ことはなかった。

俺はやつの五郎入道正宗をへし折ったが、やつの身体には指一本触れなかったのだ。

負けを悟ったマサムネは声を荒らげる。

「なぜだ！　なぜ剣を止める！　そのまま振り下ろせばおまえの勝ちだろうが！」

情けをかけられた、そう思ったマサムネは激昂《げっこう》するが、俺は言葉によって答える代わりに、防御魔法陣発生装置のもとに歩く。

そして発生装置に手を添え、魔力を送り込むと、空中に文字が投影される。

六〇四エラー

「六〇四エラーだと……？」

「意味は分かるようだな」

「……ああ」

「六〇四エラーとは原因不明のエラー。今、もしも攻撃していれば防御魔法陣は発動しなかった。真っ二つになっていたよ」

「……っく」

「俺は殺人者になるつもりはない。この勝負、俺の勝ちでいいか？」

「……分かっている。俺は敗者だが、卑怯者ではない。負けは認める」

マサムネはうなだれて決闘広場をあとにするが、彼がいなくなったあと、システィーナが近づいてくる。

「よく決闘中に故障に気がついたな」

「周りにあるものすべてを利用せよ。ローニン流剣術の心得だ」

「常に周りを観察しているということか」

「そういうことだ」

「へえ、すごいな、その剣術。しかし、この絶妙なタイミングで故障するなんて」

いぶかしむシスティーナ。脳筋娘と評判の彼女であるが、直感は鋭いようである。

「いいところに気がついたな。先ほど魔力を送り込んだときに逆アセンブルしてみた」

「ぎゃくあせんぶる?」

それは美味《おい》しいのか? という顔をするが、食べ物ではない、と説明する。

「アセンブルは組み立てる、という意味だ。つまり逆アセンブルは解体する、という意味だな」

「ふむふむ」

それでもよく分かっていないようだかから、バラバラにして解析したと説明する。

「そのときにエラーの原因を探ってみたが、明らかに人為的なものだった」

「つまり誰かが壊れるように細工したってことか。それは由々しき事態だな。一歩間違えば死人が出ていた」

「ああ」

「しかし、そこまでして命を狙われるとは、リヒトも嫌われたものだな」

システィーナははは、と笑うが、釣られて笑うことはなかった。

自分の生き死にを笑う気になれなかった――わけではない。

子供の頃から命を狙われてきた俺にとって、命のやり取りなど日常茶飯事だった。俺が笑わなかったのはシスティーナの抱いた感想とは〝真逆〟の推理をしたからだ。

「…………」

しばし考察するが、いつまでも決闘広場に突っ立っているわけにはいかなかった。決闘には連れてこなかったエレンとマリーだが、心配していることには変わりない。

いや、ふたりのことだから俺の勝利を信じて疑わず、祝勝会の準備を始めているかもしれない。

というわけでシスティーナを祝勝会に誘う。

システィーナは、

「馴《な》れ合う気はない」

ふん、と顔を背けるが、マリーがロースト・ビーフ作りの名手である旨《むね》を伝えると、ぱあっと顔を輝かせる。

「グレイビー・ソースか？　グレイビーなのか？」

大型犬のような人懐《ひとなつ》こさで寄ってくる。

マリーはグレイビー・ソース作りの名手でもあるので、きっと彼女の舌を満足させることであろう。


エレンもマリーも俺の十傑入りを祝ってくれたが、彼女たち以上に喜んでくれたのは下等生《レッサー》たちであった。

特待生《エルダー》しかなれないはずの十傑に下等生《レッサー》がなったのだ。日頃、自尊心を傷つけられ、抑圧されている下等生《レッサー》たちにとって俺の十傑入りは〝福音〟だったようだ。下等生《レッサー》のみで構成された学院新聞で号外が出される。


『最強不敗の下等生《レッサー》、十傑になる‼』


その号外は学院の下等生《レッサー》ほぼ全員が手にし、驚喜した。

「俺たちのリヒト！」

「下等生《レッサー》の誇り！」

「学院生の希望の星」

　あらゆる賛辞が贈られたが、素朴な彼らの声援は俺に力を与えてくれるような気がした。

　こうして俺の十傑選定試験は終わった。

　何人にも文句をつけさせない好成績で選定試験に合格する。

　王立学院の歴史は塗り替えられていくのだが後世の評価など俺にはどうでもいいことであった。

　早く十傑の全員と面通しをし、蒼《あお》い蜘蛛《くも》の正体を探るのが、俺の望みだからだ。

　十傑のうち、七人と出逢《であ》い、六人と剣を交えた。

　剣を交えた感触ではその中に犯人はいないようだ。

　となると残る容疑者は三人。

　序列二位のフォルケウス、序列三位のアレフト。

　そして序列一位のアーマフ。

　最後の人物は謎に包まれており、誰ひとり会ったものはいない。

　現時点ではアーマフなる人物が怪しいが、予断は許されない。すべての人物を怪しみつつ、迅速かつ的確に犯人を探し出さねばならなかった。

そのように喜ぶ俺たちを観察するのは法衣《ほうえ》を着た少年だった。

彼は興味深げにリヒトの戦いを見守っていたが、マサムネの神剣が折れた瞬間、にやりと口元を歪《ゆが》ませた。

「これで三傑の均衡が崩れる。一番相性が悪いマサムネは無力化された。フォルケウスは突然の事態で混乱しているはず」

事は成就《じょうじゅ》した。

我が計画は完成せり。

禁断の知識《エウレカ》に一歩近づいた法衣の少年は、心の底からリヒトの十傑入りを歓迎した。

†

マリーとエレンが用意してくれた小宴。俺とシスティーナは大食らいであったが、それでも食べきれないほど料理を用意してくれた。

「お祝い事は盛大に、お葬式はもっと盛大に、がマリーの家の家訓なの」

とのことであった。なにもお姫様がこんなときに、とも思うが、マリーは床につくアリア様ならば必ず〝祝勝会〟を行う、と真剣な表情で言った。〝こんなときに〟ではない。〝こんなときだから〟という台詞《セリフ》が心に響く。

それを聞いてしまったら、彼女に葬式の準備をさせるのが悪くなってきた。なるべく死なないようにしよう、と決意を新たにすると、姫様の顔を見に行くことにした。

目下のところ姫様は学院の寮ではなく、自分の館にいる。学院の寮では警備がままならぬのと、刺客に襲われたのを隠す意図がある。

アリアはこの国を改革しようと躍起になっているが、彼女に同意する勢力は少ない。その脆弱《ぜいじゃく》な勢力に動揺を与えないようにするための処置であるが、間違ってはいないはずであった。

一日も早く彼女を毒から解放し、支持者や協力者たちに元気な姿を見せてほしい、そのように思いながら彼女が眠っているだろう寝室へ向かった。

するとそこには思いもかけない人物がいた――。

俺は思わず腰のティルに手を伸ばしかけるが、その男に仕える忠実な執事は、

「物騒なものに手を掛けるな。我々は正式に訪問し、王女の快気を願っている」

と言い放った。

見ればベッドサイドには豪華な蘭《らん》の花が置かれていた。花言葉は〝一日も早く笑顔が見

たい〟だったろうか。それに彼らは武器を帯びていなかった。また、アリアの執事、メイドたちも笑顔で彼らに接していた。ならばアリアの騎士である俺は非礼な真似《まね》はできなかった。深々と頭を下げる。

「すみません。護衛としての癖で。気が高ぶっていたのでしょう」

「無理からぬことだ。主《あるじ》がこのような姿になってはな」

バルムンクが重厚な台詞を発すると、執事のハンスも追随する。

「もしもランセル様が同じような目に遭ったら、私はどのような手段を使っても報復いたします」

「その前に目覚めさせる算段をしてほしいが」

冗談めかして言うと、ハンスは「たしかに」と笑った。しかし、俺は笑う気にはなれない。バルムンク侯がこの場にいること自体、違和感しかないからだ。

「あなたはアリアの政敵だと思っていた」

「それは間違いない。しかし、だからといって王女に死んでほしいなどとは思っていない」

「二回も襲撃をしたのに?」

「あのときはそれが最善だと思ったのだ」

「今は違うのですね」

「ああ、そのとおり。事情が変わった」

「どのように？」

「今は王女に目覚めて貰《もら》い、協力して貰いたい」

「意味が分からない」

「端的にいえば私の勢力だけでは対処できない敵が増えたからだ。——正確にいえば増える、かな」

「敵国が攻めてくるのか？」

　ラトクルス王国は多くの敵国に囲まれており、この豊饒《ほうじょう》の地を狙うものは多い。

「いいや」

「ならば内乱か？」

　この国にはいくつも政治勢力がある。バルムンクの一派はその中でも最大勢力であるが、王族たちの中にはそれを快く思わないものも多い。彼らを倒すため、一時的に共闘しよう、というわけだろうか。

　ランセル・フォン・バルムンクは虚を衝いてくる。

「そう遠くない未来、この世界はこの世界のものではないものたちで溢《あふ》れる」

「⁉」

俺は珍しく眉をひそめる。バルムンクの言っていることが分からなかったからだ。

「なにを言っているんだ?」

「混乱するのも無理はない。この事実は国王陛下ですら知らない事実なのだから」

「国家機密以上ということか」

「ああ、そうだ。この事実を知っているのは西方の三賢人と呼ばれる賢者、それとおれとハンス、そして十傑のリーダーのみ。この六人だけが冬の軍団と禁断《エウレカ》の地の存在を知っている」

「この世界で六人しか知らないのか……」

「そうだ。おまえは栄誉ある七人目ということだな」

「光栄なことだがこの手の話を聞いたものは始末されると相場が決まっているのだが」

「それはおまえの返答次第だ」

執事のハンスが殺気を帯びる。その懐《ふところ》にはグルカ・ナイフをしまっているのだろう。

彼の一撃は耐えられる自信があったが、同時にバルムンク侯と戦う自信はない。そのことを冗談めかして話すとバルムンクは笑わずに提案をしてきた。

「たしかに今のおまえはおれよりも弱い。しかし、それはあくまで〝今〟のおまえ。第三の力を発動すれば話は別だ」

「第三の力？」

「善悪の彼岸・第三章」

バルムンクは端的に答える。

「…………」

「なにを驚いている。第二章があるのだから第三章があっても不思議ではないだろう」

たしかにその通りだ。善悪の彼岸・第一章は聖と魔の属性の神剣ふたつを装備するという力、第二章は三つの剣を装備する力。

単純に考えると第三章は四つということだろうか。尋ねてみるがバルムンクは首を横に振る。

「第三の力がどのようなものかは知らない。しかし、発動条件は知っている」

「教えていただけるのかな」

「まさか。そこまで親切ではない」

「まあ、そうだよな。ただ、この世界のものたちについては教えてくれるんだよな」

「もちろんだとも。場合によってはおまえに戦って貰う」

肯定も否定もできない。〝この世界のものではないもの〟とやらがアリアに仇《あだ》なすものたちならば敵対は避けられないからだ。バルムンクは見透かしたかのように言う。

「この世界のものではないものたち、冬の軍団《レギオン》について説明しようか」

「……冬の軍団《レギオン》？　あの御伽噺《おとぎばなし》の？」

「なんだ、知っているのか」

「北部の子供ならば皆知っている。ラトクルスの地下深くに眠る五人の闇の王とその眷属《けんぞく》たち」

「そうだ。吸血鬼の法王レスター、不死の公王リッチモンド、死神の福王デスサイズ、腐竜の皇王ワーグナス、首無しの騎士王ロンドベル――」

「かつてこのラトクルス王国を、いや、地上の生物すべてを恐怖に包み込んだ死の使者たち」

「そうだ。北部の子供たちならば誰でも知っているのは、この化け物たちを北部の絶対凍土に封じ込めたという伝承があるからだ」

「ああ、だから北部の子供たちは親によく言われる。悪さをすると地下から化け物がやってきて食われてしまうよ、と」

「こちらでいえば橋の下で拾ってきた子、と同じトーンかな」

「そんな感じだ」

「しかし、橋の下と同じように五人の冬の王とその眷属たちは実在する」

「有り得ない。絶対凍土が溶けない限り、冬の王は復活しない」

断言するとバルムンクは紙束を机に投げ置く。そこに書かれていたのはここ数百年の北部の気候データだった。

グラフ化された数値を見ると、北部の温度が年々上がっていた。

毎年少しずつ、ほんのりと、だが確実に平均温度は上昇していた。

エスタークの城にある炭焼き小屋の老人の言葉を思い出す。


「――近頃の若者は軟弱でいけない。わしが子供の頃は霜の降りない日はなかった」


北部で一番高い山を思い出す。雪化粧がない月がないと言われていた極地の山、その山に雪が降らなかった月があったと地元の村人たちが騒いでいたことを思い出す。

俺が子供の頃の記憶を辿《たど》る。吐息さえ凍り付く極寒の冬、ナイフ一本で極地に放り出されたことがあるが、その頃と比べても〝今〟のほうが暖かいのではないか。

ツクシやタンポポが咲き乱れる春が長く、日の差さない冬が短くなっているのではないか。

バルムンクのデータと俺の記憶が交差する。

少なくとも一〇〇年前よりも平均気温が上がっていることはたしかであった。その五度によって永久凍土が溶けつつある。そしてそこに封じ込められた〝冬の軍団《レギオン》〟が復活する。

それがバルムンクの主張であった。

嘘《うそ》をついている――、そぶりはない。合理的に考えてもそのような嘘をつく理由はなかった。そのような法螺《ほら》を吹くメリットがない。

俺はバルムンクが真実のみを述べているという前提で語りかける。

「冬の軍団《レギオン》が復活したらどうなる？」

「伝承の通りになる。この世の地獄が復活する。人類はただ生き延びるためだけに一〇〇万の不死の軍団と戦うことだけに専念することになる」

「見方によっては国境線がなくなり、平和になるということか」

「ああ。ただし、農工業生産力は地に落ちる。すべての生産力は軍に傾けられ、老人や子供は切り捨てられる。剣を持たぬものは不要とされる世界が訪れる」

「修羅の国だな」

「そうだな。そうしなければ人類は絶滅するからな」

「そうしたら権力者も糞《くそ》もない、か」

「そうだ。政治家は政争をやめ、王位継承者も王位を奪い合う愚に気がつくだろうが、そうなってからでは遅い」

「そうなる前に冬の軍団《レギオン》復活を阻止するのか？」

バルムンクは無念そうに首を横に振る。

「それはできない。人間は無力だからだ。どんなに偉大な王も星の回転を止めることはできないし、星を凍《い》てつかせることもできない」

「ならば諦めるのか？　人類を見捨てるのか？」

「まさか。人類と冬の軍団《レギオン》の最終決戦《ハルマゲドン》は決して訪れさせないよ。おれはその前に冬の王たちを滅する」

「な、馬鹿な。御伽噺の魔王たちを殺すのか？」

「ああ」

ことこもなげに言うバルムンク、冬の王たちの力は絶大だ。少なくとも伝承では、大地を割り、星を砕き、この世界を死で包み込んだ悪魔たちだった。古代、まだこの地に存在した神々の肉体に死を与えたのは彼らだった。

つまり、神々でさえ引き分けに持ち込むのがやっとだった化け物たちをこの男は殺すというのだ。

「不可能だ。気が触れてるのか」

「至って正常だよ」

「どうやって死者の王を殺す」

「バルムンク家には七七本の神剣がある」

「そんなにあるのか」

「ああ。他の貴族たちからはただの蒐集家《コレクター》だと思われているがね」

「俺に二本奪われても残り七五本もあるしな」

「そういうことだ。というか、おれは奪われたとは思っていない。そもそも神剣は持ち主を選ぶ。グラムもエッケザックスも望んでおまえの腰に収まっているのだ」

そう言うと、バルムンクは俺の腰に携えられた二振りの剣をちらりと見た。

「そう言って貰えると罪悪感が薄れるが、残り七五本の神剣を使って冬の王たちを殺すのか」

「ああ。正確には神剣に相応《ふさわ》しいものを探しだし、神剣を与える」

「剛毅《ごうき》なことで」

「神剣に相応しいものたちを探しだす。人類を守護できる選ばれし〝優越種〟が民を導く、それがおれの目指す世界であり、おれの目指す正義だ」

「その中心にいるのがおまえというわけか」

「当然だ。おれはこの世界で一番優れている」

さも当然のように言われると反論が難しい。この男はラトクルス王国開闢《かいびゃく》以来の英才と言われている。王立学院も設立以来最も優秀な成績で卒業し、政界に転じてからも非の打ち所のない業績を残している。

〝強引〟で〝弱者〟のことを顧みない性格以外は非の打ち所がない。

「民を導くか。俺にはできそうもない」

「いや、できる。たしかにおまえには政治家としての才能はないが、それはこの〝眠り姫〟と補い合え」

アリアを視線で指す。

「今まで俺たちにちょっかいを掛けてきたのは強引に俺たちを試していたのか」

「そうだ。その過程で死ねばそれまでだと思っていた」

「それを聞いて感動して和解すると思っているのか」

「思っていない。しかし、姫様を救う手伝いをすれば多少は気が変わると思った」

「してくれるのか」

「現時点で娘を手伝わせている。――少々頭の弱い娘だから役に立っているかは不安だが」

「猫の手よりは役に立っているよ。十傑の情報を教えて貰《もら》っている」

「そうか。ならばさらなる情報を教えてやろう」

バルムンクは重々しく口を開くとこのように言い放った。

「十傑には、いや、この学院にはアーマフという名の生徒はいない」


「…………」

絶句する俺。想像もしていなかった言葉が飛び出てきたからだ。思わず、「どういうことだ?」と芸のない台詞《セリフ》を発してしまう。

「そのままの意味だよ。十傑一位のアーマフなる生徒は、特待生《エルダー》でも一般生《エコノミー》でも、下等生《レッサー》でもない」

「この学院に籍を置いていないのか」

「そうなるな。ちなみにこの国にも戸籍はない」

「財務大臣様が調べたのならばそうなのだろうが、学籍はおろか、国籍もない人物が、学院の最高位に陣取っているのか？」

「素直に考えればそうなるが、別の見方もある」

「アーマフという人物が他の国のスパイ、あるいは今、話した冬の軍団《レギオン》の眷属である可能性」

「そしてもうひとつは――」

バルムンクは言いかけるが、その言葉が途中で止まる。

物音が聞こえたのだ。

「なにものだ！」

「ここは王女殿下の館であるぞ！」

アリアを護衛するものたちが声を荒らげる。

アリアの館になにものかが侵入してきたのだ。そのものたちはアリアたちの使用人と軽く押し問答になるが、強引に押し入ると、俺に向かって一片の紙切れを突きつけてきた。

その紙切れはこの国の司法長官がサインを入れた、

〝逮捕状〟

であった。

メイドのひとりが声を張り上げる。

「このお方は恐れ多くもラトクルス王国の第三王女、神に造られた人々の子孫、および、リレクシア人の王の娘にしてドルア人の可汗《ハン》の娘の騎士、護衛のリヒト様ですよ」

その声に、逮捕状を突きつけた兵士は冷静に返事をする。

「それと同時に冷酷な殺人者でもありますな」

「リヒト様は人殺しなどされません！」

かばい立てしてくれるメイドには悪いが、人殺しは何度かしたことがある。すべてやむにやまれぬ事情で向こうから刃物を持って襲い掛かってきたケースばかりだが、今回は過去の罪を掘り返されているわけではないだろう。そう思った俺はメイドに下がって貰うと、逮捕状を確認する。

そこにはしっかりと罪状が書かれていた。

『王立学院高等部魔法剣士科特待生十傑《エルダー》序列四位マサムネの殺害、及び序列二位フォルケウス殺害未遂容疑』

その文字を見たとき、あっけに取られるよりも「その手できたか」と思った。

アーマフの正体に思いを馳《は》せた瞬間これということは、やはりアーマフの正体は俺が思ったとおりなのだろう。しかし、それをこの場で主張しても逮捕状の効力が消えることはない。

窓の外を見ると、屈強そうな兵士三〇人がアリアの館を取り囲んでいた。

（……脱出するか。逃げて再起を図るのが一番だろうが）

深夜、いきなり王女の寝室に逮捕状を持ってくるような連中だ。公平な裁判など望めるはずもない。そうなれば自由を束縛された時点で刑は確定することになる。おそらく死刑が用意されているはずだ。そうなればアリアの護衛どころか、アリアの命すらないだろう。毒に蝕《むしば》まれて死ぬだけだ。それだけは許容することができない。

そう思った俺は〝逃亡〟を選択したが、問題なのは室内にいる騎士だった。逮捕状を持った兵士の後ろにいる白銀の鎧《よろい》を纏《まと》った騎士、おそらく彼はこの国の上級騎士だろう。かつて彼も王立学院で勉学に励み、特待生《エルダー》として卒業した人物だ。それからも修業は欠かさず、上位の騎士に上り詰めたもの。その実力は侮《あなど》れない。

（……他の連中は撒《ま》けるだろうが、こいつだけは厄介だな）

そう思ったが「やるしかない」と思った俺は姫様の眠っているベッドを飛び越える。その瞬間、眠り姫の顔を網膜に焼き付けると、元気な姿での再会を誓った。そしてそのまま寝室の窓を破ると、二階から飛び降りた。当然、館の庭で控えていた兵士たち、寝室にいた上級騎士たちが追ってくるが、挟撃だけは避けられた。部屋にいたメイドが、花瓶を投げつけてくれたり、執事が兵士の足を引っかけてくれたりしたのだ。ただ、一番の殊勲者はランセル・フォン・バルムンクだろう。

彼はすらりと腰の剣を抜くと、それを上級騎士に突きつけた。

「ここが恐れ多くも王女の寝室であり、そこに見舞客としてラトクルス王国の財務大臣が来ていると知っての狼藉《ろうぜき》か？」

上級騎士はたじろぐ。一国の大臣、いや、指導者の持つ威圧感は半端《はんぱ》なかったのだ。

上級騎士は一歩も動けず、

「……国王陛下の定められた法に従っているまでです」

と返答するのが精一杯だった。

その間に俺は兵士三〇人の間をかいくぐり、脱出に成功した。

こうして俺は王女の騎士から、逃亡犯、指名手配犯と呼ばれる存在になる。

不名誉な呼称であったが、しばらくはその呼称に慣れるしかないようであった。

†

折れた五郎入道正宗を手に持ち、血に染まった法衣《ほうえ》を意に介することなく着こなす少年は部下から報告を聞く。

「マサムネを始末し、フォルケウスに重傷を負わせたが、その罪をなすりつけることには失敗したようだね」

部下は表情をこわばらせる。

この少年は生まれついてのサディストであり、差別主義者だ。家来の失敗を許すことはない。死を覚悟した部下だが、意外にも少年は怒りを発露させることはなかった。

己の得物であるメイスをぽんぽんと叩《たた》きながら、

「――まあ、失敗したと言っても完全な失敗じゃない。司法長官を抱き込むまでは成功したんだ。あとは逃亡中のリヒトが捕まれば僕の計画は成就《じょうじゅ》する」

「――は、その通りでございます」

「しかし、問題なのはそのリヒトがなかなか姿を現さないということだ」

「はい。それなのですが、王都にいることは間違いないのですが、潜入している先が厄介でして」

「どこだ?」

「貧民街《スラム》です」

「貧民街《スラム》か。たしかにそれは厄介だな」

白い服の少年は己の顎に手を添える。

ラトクルス王国の王都はこの国の縮図だ。富める貴族や商人もいれば、今日の食事にも事欠く貧民も多くいる。貧民街《スラム》には王の法治が及ばない代わりに、自治権のようなものが許されている。要は国が関知しない代わりに、犯罪が起きても救済しない。自助努力と自力救済で生き延びよ、と王都でありながら王法が及ばぬ地として扱われている。

そのような地に逃げ込まれれば、衛兵はもちろん、憲兵や治安維持騎士団、護民官でもどうにもできない。王の法も徳も及ばないからだ。

「厄介なところに逃げる。これじゃあ、手出しできないな」

ただ、逆にいえばリヒトもなにもできない。貧民街《スラム》に潜んでいても今回の謀略の全容は見えてこないだろう。ゆえに焦《あせ》る必要はない。

「それにやつには時間の制限がある」

王女の命という人質がある以上、リヒトは必ず学院に戻ってくるはずだ。必ず自分のもとへ現れるはず。少年としてはリヒトが現れるのを悠然と待っていればいいのだ。罠《わな》を二重にも三重にも張り巡らし、重厚な布陣で待ち構えていればいいのである。

もはや少年の野望を邪魔するものは誰もいない。

十傑の上位は空位であり、唯一、武力的均衡を保っていたものたちも死ぬか、負傷した。

もはや誰ひとり、阻《はば》むものはいない。

そのように悟った少年は、十傑の一位しか入ることの許されない〝禁断の地《エウレカ》〟に向かう。

そこには禁断図書群《エウレカ》と呼ばれる書物がある。

かつてこの地上を恐怖のどん底にたたき落とした冬の軍団《レギオン》たちの記録を残した書物が保管されている地だ。

そこには冬の軍団《レギオン》を封印したときの細かな記録が記載されていた。

冬の軍団《レギオン》に〝対抗する〟術《すべ》と、〝復活〟させる術が書かれているのだ。

そのどちらを知るべきか、そのどちらを実行すべきか、少年は迷っていた。

少年は謀略を尽くし、同僚を追い詰め、殺すような人間であるが、一抹の良心もあった。

十傑になったときの誓いを忘れていなかったのだ。

十傑になったものはいついかなるときも人類の繁栄を考え、種を残すことを優先する。

その良心は国王や国民にではなく、種そのものに持つ。

何度も読み上げてきた十傑の誓約のひとつ、第一条に記載されている十傑の存在理由。

それらを実行するのは十傑の義務であったが、今、その権利を行使できるとなると迷いが生じる。

少年の選択次第で人類を生かすことも滅ぼすこともできるのだ。

今現在、地上最高の権力を握っているのは少年だった。

王立学院特待生十傑《エルダー》序列三位、アレフト。

自分こそがこの世界の支配者であり、統治者であり、種を残す権利を持ったものだと思うと恍惚《こうこつ》に包まれる。

「ああ、神よ、やはり僕は選ばれたものだったのですね」

そのように神に祈りを捧《ささ》げると、アレフトは禁断の地《エウレカ》へ向かった。

禁断の地

最強不敗の
神剣使い3

The legendary
Undefeated God
Sword Master

†

波乱尽くしの夜が明け、騒がしい朝がやってきた。

貧乏人にも貴族にも等しく朝は訪れるのである。

俺ことリヒト・アイスヒルクは、王都にある貧民街《スラム》に潜伏していた。

貧民街《スラム》を潜伏場所に選んだのは、司直の手から逃れるためであった。

貧民街《スラム》に住んでいる人間は大抵、すねに傷があるか、なにかしらの事情を抱えた連中。

外からやってきた人間に興味は持っても詮索するような野暮なことはしなかった。

大人たちは小綺麗《こぎれい》な俺を見てなにかしらきな臭い事情を察したようで近づくことはなかった。

ただ、子供は別だ。彼らには彼らの世界があり、外の世界から来た俺に興味津々《きょうみしんしん》のようだ。

マリーが用意してくれた貧民街《スラム》のあばらや。子供たちは我先にと窓の外から俺を覗《のぞ》き込んでくる。

「金持ちって手が四本あるって聞いたけど嘘《うそ》だな」

「鼻の数もふたつだ」

「舌もふたつに割れてない」

イケメンではあるが、同じ人間であると察した彼らはとても人なつこかった。鞠《まり》を持ってきてはキャッチボールをしようとせがみ、色鬼や透明鬼なるローカル鬼ごっこをしようと誘ってくる。その姿を見てマリーは、「ほんと、女子供の人気は絶大ね」と吐息を漏らした。

「おまえが差し入れてくれる菓子目当てさ」

そのように言うと、鞠を遠くに投げ、

「拾ってきたらメイドさんの菓子が貰《もら》えるぞ」

と子供たちを遠ざけた。

「わー！」

と小さな子供たちが小さな鞠を追う姿は元気があってすがすがしかった。

自分とかつての妹の姿を重ねる。俺はどちらかといえば悪ガキであったし、妹は金魚の糞《ふん》のように付いてきたからこのような光景は日常茶飯事だった。

ただ、〝今〟と同じようにトラブルも日常茶飯事で、見目麗《みめうるわ》しいエスターク兄妹《きょうだい》を屈服させようと城下の悪ガキどもが意地悪してきたことも思い出す。

『美形兄妹を屈服させればガキ大将の株も上がるものさね』

ティルは呑気《のんき》に言うが、そのむかつくガキ大将を撥《は》ね除《の》けるため、牛馬の糞尿を利用したことは伏せておいたほうがいいだろうか。美童が華麗に撥ね除ける姿を妄想している少女の夢を壊すのは悪いと思った。

「さて、過去に思いを馳《は》せるのはいつでもできる。マリー、おまえがやってきたということはなにか進展があったんだな」

「あたりきよ」

忍者メイドを舐《な》めないでよね、と続くが、彼女の諜報《ちょうほう》能力は一級品だ。俺が目星を付けてくれた真実を次々と暴いてくれる。

「やっぱりあんたの言った通りだった。アーマフなんて生徒は存在しない」

「それはバルムンク侯に教えて貰ったことだ」

「アーマフの頭文字の謎を解いたのはあんたでしょ」

「まあな」

アーマフのアはアレフトのア、マはマサムネのマ、フはフォルケウスのフ。つまり十傑序列一位のアーマフは三人の頭文字を取った〝共同ペンネーム〟ということだ。

アーマフは三つの神剣を同時に操る男ではなく、三つの神剣をそれぞれに持つ三人の黒幕なのだ。

「三人の実力は拮抗《きっこう》していた。誰が序列一位になってもおかしくなかったけど、逆にいえば誰もが序列一位になれなかった」

「ある程度実力差があれば誰かが飛び抜けたのだろうが、度々行われた三人の決闘の勝敗は白黒が同数だった。やや、アレフトはフォルケウスに強く、マサムネに弱かったみたいだが」

「相性ってやつね」

「決定打もなく、争い続けた結果、当時序列一位だったものは謎の死を遂げた。病死だったのかもしれないし、暗殺の可能性もあるが、詳細はどうでもいい」

「問題なのはこの三人がその死を隠し、アーマフという架空の存在を生み出したということね」

「ああ。彼らは書類を偽造し、アーマフなる人物を作り上げ、序列一位に祭り上げた」

「そしてその架空の序列一位を担《かつ》いで、三人で共同統治を始めた」

「そうだ。架空の一位の言葉を下位の十傑や学院側に伝え、自分たちの都合のいいように十傑を操っていた」

「そこまではいいけど、その蜜月も永遠には続かず、やがて意見が対立したのね」

「そういうことだ。十傑一位だけがアクセスできる情報に、三人の生徒が触れた。それによってひとりがその知識を独占すれば、自分の地位も安泰になると悟ったのだろうな」

「ちなみに十傑の存在理由も分かったわ。バルムンク候の禿《はげ》執事が教えてくれた」

「ほう」

「興味ないの？」

「ないね。どうせろくでもないことだろう」

「その通り。十傑の目的は自分たちの種を残すこと」

「乱交クラブなのか？」

　直球の言葉にマリーは顔を真っ赤にさせる。「あんたってほんとデリカシーなさすぎ」

とのことだった。真実なので反論できないが、俺の比喩は間違っているようだ。

「十傑の目的は優秀な人類を星海の彼方《かなた》へ届けること」

「ほう」

「人類の脅威、冬の軍団《レギオン》から人類のＤＮＡを護るため、選ばれしものの種を宇宙に飛ばして人類の種を残そうって画策しているのね」

「バルムンクとは違った方法で冬の軍団《レギオン》にあらがっているのか」

「そういうことね」

「バルムンクは人民を教化し、導くことによって冬の軍団《レギオン》に対抗し、十傑は選ばれしエリートの種を残すことによって冬の軍団《レギオン》から人類の種を残そうというわけか」

「そういうこと。要約すると、バルムンクは〝戦う〟、十傑は〝逃げる〟という思想を持ってるのね」

「どちらも独善的ではあるが、人類のことを考えているのだな」

　異なる正義がぶつかり、俺たちはそれに巻き込まれたということか、と心の中で結論づける。

「そうなるわね。ちなみにあたしたちは十傑のアレフトにまんまと利用されたというわけ」

「俺を十傑に招き入れることによって十傑内部の力の均衡を破った。マサムネの神剣を破壊させ、弱った隙に暗殺、混乱に乗じてフォルケウスも襲う」

　お姫様に毒を仕込んだのも〝暗殺〟が目的ではなく、俺を〝参戦〟させるため、バルムンク暗殺を教唆したのは〝真の目的〟を糊塗《こと》するためだったのだ。

　そう考えるとマサムネ戦の最後に現れた六〇四エラーも説明できる。防御魔法陣に細工をしたのはアレフトだろう。

すべての点が線で繋《つな》がった。そうなれば黒幕が次になにをするか、容易に読むことができる。

「たぶん、やつは十傑の一位しか知ることのできない禁断《エウレカ》の知識の独占を画策しているはず」

「ならばそこに向かえばやつとご対面できる」

「そうだな」

「でも、マリーたちを通してくれるかしら」

「歓迎はしてくれないだろうな。それでも押しかけるが」

「そう言うと思ってた」

よっしゃー！　とファイティング・ポーズを取るメイドさん。

「その様子じゃ、おまえも乗り込むつもりなのな」

はあ、と吐息を漏らす。

「あたりきじゃないの。マリーの愛《いと》おしいお姫様を疵物《きずもの》にされたのよ」

「万死に値するが、自重を求めたい。お姫様が目覚めたとき、おまえに側《そば》にいてほしいんだ」

「それは別のメイドでもいいでしょ。アリアローゼ様を武力で救えるのはマリーだけ」

クナイを取り出し、突きつけてくる。決意は固いようだ。

「――分かった。仕方ない。同行を許すが、敵は必ず狡猾《こうかつ》な罠《わな》を用意している。ゆめゆめ引っかかるなよ」

「わかってるってばよ！」

某忍者のような口調で戯《おど》けると、俺はマリーと準備を始めるが、三人目の助《すけ》っ人《と》がやってくる。それは想定内の人物だった。

バルムンク侯爵の娘は自分の背丈よりも大きい大剣を掲げ、こう言った。

「これから行われる戦いは歴史に残るぞ。人類を救済するもの同士、どちらが正しいか白黒を付けるのだ」

無論、彼女はバルムンクが正しいと信じて疑っていないのだろう。尋ねるまでもなかった。

これで三人の戦士が揃《そろ》ったわけであるが、無論、四人目もいる。

我が妹であるエレンが参入しないわけがない。

「私は兄上の妹としてラトクルス王国の藩屏《はんぺい》たるエスターク家の娘です」

意訳すれば絶対に付いてくるということになるのだろうが、決意に満ちた妹の気持ちを翻意させるなど不可能に近い。それに妹にはそれだけでなく、もっと個人的な理由があることを知っていた。妹は口にこそ出さないが、アリアのことを実の姉のように慕っていた。友人といっていい感情を抱いていたのだ。そのような気持ちを無下にすることはできない。さらに戦術的な面を話せば、彼女は貴重な戦力であった。マサムネが死に、フォルケウスが重傷を負っている今、彼女はこの学院で三番目の強者であった。〝二番目〟の強者である似非聖職者《アレフト》を討伐するのに彼女の力は有用であった。

†

すべての黒幕であるアーマフのアこと、アレフトは禁断《エウレカ》の地にいる。

バルムンク候からもたらされた情報でそれは確定していた。

学院の地下深くにあるダンジョン、一三〇〇年前に設置されたという書庫でアレフトは禁断《エウレカ》の知識にアクセスしているはずであった。

そこで自分の種をまき散らすマスターベーションに関する色本でも読んでいるのだろう。あるいはそのまま星海の彼方へ旅立ってくれれば手間が省けて助かるが、その前にやつの血液から血清を作らなければ姫様の命はない。見れば蒼《あお》い蜘蛛《くも》は彼女の乳房まで達していた。二四時間以内に心臓を一刺しすることは明白だったので、俺たちは事前準備をすることなく、地下に潜った。

「アレフトはあたしたちが来ることを察しているんだから罠を二重三重に張り巡らしているでしょうね」

とはシスティーナの言葉であるが、誰も反対意見は述べない。

「この地下迷宮は古代魔法文明時代に作られた遺跡を流用しているようです。守護者《ガーディアン》や生物兵器が配置されていると見て間違いないでしょう」

エレンが私見を述べる。

「鬼と会えば鬼を斬り、仏と会えば仏を斬るまでよ」

そのようなガールズトーク（？）をしながらエレンとシスティーナは前進するが、マリーと俺は一歩遅れる。マリーはお姫様を背負っており、俺はそんなふたりを護衛しているからだ。

マリーは「ぜえぜえ」と息を切らすが、アリアを手放そうとしない。

「男にこの至福の柔らかさを堪能《たんのう》させてたまるものですか」

とのことだった。なんでもこの柔肌を知れば、どのような紳士も野獣になってしまうとのことだった。まったく信用がないが、彼女たちの長年の付き合いを知っているので、無理にその役目を奪おうとはしない。それに一同の中で最弱であるマリーがお姫様運搬役を担《にな》うのは理に適《かな》っていた。いざというときに最強である俺がフリーハンドなのは、ダンジョン攻略において役立つはずであった。それに血清を得てもダンジョンを戻っている時間はない。アリアの乳房の蜘蛛は今にも心臓に達しそうだった。

　そのような気持ちから、女性に重い（失礼）荷物持ちをさせていたが、その非紳士的態度は報われることになる。ダンジョンに潜ってから数時間、第三階層の広場で試練が待ち構えていた。

　王都のトランバスタ広場よりも大きな空間、そこに完全武装した傀儡兵《かいらいへい》が三〇〇体ほど待ち構えていた。

　傀儡兵とは武装した魔法人形の総称で、魔力によって動く。小さなゴーレムのようであるが、人間を模しており、こちらのほうがより人間に近かった。

　そのような人形が三〇〇体、カタカタと武具を鳴らしながら無表情にこちらを睨《にら》み付ける様は、壮観であったが、いつまでも堪能しているわけには行かない。

〝侵入者〟を発見した彼らはそれを排除しようと動き出す。

　赤い目、青い目、緑の目。魔法によって怪しく光る瞳がこちらを凝視すると、彼らは手に取った武器を持ってこちらに前進してくる。人間より機敏ではないが、一糸乱れぬ行動は魔法人形らしかった。

　彼らは俺たちを排除するまで前進を止めない。つまりここでやつらを全滅させない限り、禁断《エウレカ》の地へは行けない。そのように悟った俺たちは戦闘を開始する。

システィーナは嬉々《きき》として、

「ひいふうみいよ、……数え切れない。とにかくいっぱいいるぞ」

と大剣を抜き放った。

エレンは、

「三〇〇と四体です」

と正確な数字を言い放つと、エスタークの宝剣をするりと抜いた。

俺は無言でエッケザックスを取り出す。

聖剣のティルは、『なぜワタシじゃない』と不満を述べるが、

「真打ちは最後に登場するものさ」

と、なだめる。

ちなみにエッケザックスを選んだのは傀儡兵の数があまりにも多すぎたからだ。システィーナに五〇、エレンに五〇任せるとしても、二〇〇体は俺が引き受けなければならない。二〇〇体も斬ればさすがに神剣といえども刃こぼれくらいするだろう。来るべきアレフトとの決戦においてティルは温存しておきたかった。そのように説明すると、『大物は大取を飾るものだよね』とにこやかに微笑《ほほえ》んだ。

「リヒト、さっきからなぜ神剣に話しかけているんだ……？」

　奇人を見るかのような瞳で見つめてくるシスティーナ。

「友達が少ないのさ」

　と返すと、彼女は「ならばあたしが友達になってやってもいいぞ」と言い放つ。

「兄上様に女友達は不要です」

　と断言するエレン。

「このブラコンめ」

「なんですって！」

「おまえたち、喧嘩《けんか》はあとにしてくれ。時間がない。強行突破だ」

「はい」

「あいよ」

　そのように軽口を叩《たた》き合うと、俺たちはそれぞれ傀儡兵に突撃する。

　俺が突撃すると二〇〇の傀儡兵は竹を割ったかのように真っ二つに陣形を斬り裂かれる。

　システィーナが担当する傀儡兵は蜘蛛《くも》の子を散らすように飛び散り、エレンの担当する傀儡兵は霧散していく。

　傀儡兵の様子にそれぞれの戦闘スタイルが色濃く表れているが、その光景を見てマリーはつぶやく。

「最強の忍者メイドさんの出番はないかもね」

と。

事実、この戦闘においてはマリーの出番はなかった。三〇〇体にも及ぶ魔法人形は俺たちの手によって壊滅させられる。

その間、僅か三分四〇秒ほどであった。

もしも観客がいれば皆、拍手喝采に包まれていただろうが、俺たちは余韻に浸ることなく、次の階層に駒を進める。戦闘自体はごく短時間で終わったが、ここまでの移動に三時間ほどかかってしまった。アリアに残された時間は残り二一時間ほどであった。この先、不眠不休でダンジョンを潜り続けなければ間に合わないかもしれない。そう考えると無駄にできる時間は一秒たりともなかった。四人のアリアの騎士たちは無言で階層を下っていった。


その後、八時間に亘《わた》ってダンジョンを下る。

その間、徘徊魔物《ワンダリング・モンスター》に出会うこと四回、アレフトが起動したと思われる守護者と出会うこと三回、彼の手下と思われる人間と出会うこと二回、即死トラップに出会うこと三回と、数々の難敵が襲い掛かってきた。

　ただ、俺たち四人のパーティーはその難敵をなんなく撥《は》ね除《の》ける。最強不敗の神剣使いと、十傑に名を連ねるものたちの実力は伊達《だて》ではなかったのだ。

「ふん、本来ならばあたしは十傑上位にランキングされてもおかしくないのだ」

　システィーナは胸を張るが、エレンも自分の実力に自負があるようだ。

「私は入ったばかりで十傑上位と剣を交える機会がありませんでしたが、仮に上位陣と剣を交えていても連戦連勝していたことでしょう。最速で序列上位になっていたことは疑いありません」

「それは六位で足踏みしていたあたしへの当てつけか？」

「まさか。でも、六位でそこまで偉ぶれるのは不思議です」

「なんだと！　このブラコン」

「ブラコンではありません。兄上様原理主義者です」

「どう違うのだ」

「自分の頭で考えなさい、脳筋娘」

　むむー！　と睨み合うふたり。このふたりの相性は最悪のようだ。妹のエレンは典型的な優等生タイプ。魔法も剣も同等に考えており、勉学をおろそかにしない。一方、システィーナは生まれつき魔力の値が低く、剣術に特化している。妹の言葉を借りれば〝脳筋〟。また、エレンは完全無欠の純血種《サラブレッド》。北方の名家エスターク家の末娘で甘やかされて育った。一方、システィーナは実の父親に捨てられ、炭焼き小屋の娘として育てられた。ふたりの思考法や価値観は大きく異なっており、気が合うところなど皆無であった。

妹には自重してほしいのだが、ただ一言だけ擁護してやるとすれば、システィーナの実父は俺の仇敵《きゅうてき》であった。妹はただ俺の敵対者に反目しているに過ぎない。

本当は誰とでも仲良くなれる、気立てのいい娘なのだ――。

「百度生まれ変わってもあなたとは気が合いそうにありません」

いーだ！　と舌を出すエレン……。困った娘であるが、ふたりを和解させている時間はない。それにこのふたりは反目し合っているが、戦場でそれをマイナスに作用させることはなかった。一連の戦闘では相性の悪さを一切見せずに協調して戦い、多大な戦果をあげている。いや、妹の知的《クレバー》な戦法と、システィーナの脳筋戦法は案外、相性がいいようにも見えた。彼女たちが戦力になっている以上、余計なアドバイスなど不要に思える。

彼女たちはひとりの戦士であり、それぞれの正義のもと戦っているのだ。その信念が揺らがぬ限り、敗北とは無縁の存在であった。それが証拠に彼女たちは高潔な自己犠牲の精神も持っていた。

五度目の徘徊《はいかい》魔物を倒した数分後、その死体を押しつぶす存在がやってくる。

巨大なローラーを持ったゴーレムがそれを回転させながら迫ってきたのだ。

巨大な鉄製のローラーは死んだ魔物を巻き込み、あっという間に肉塊《ミンチ》にする。

鮮血の霧と臓物《ぞうぶつ》が部屋中に撒き散り、不快な臭いを放つが、不満を述べるよりも先にゴーレムのローラーが俺たちを狙う。

鉄のゴーレムは殺意というよりも動くものを皆殺しにする義務感に満ちている。つまり交渉や逃亡という選択肢はない。やつを破壊しない限り、その先に進めそうになかったが、この巨体を倒すのには難儀しそうだ。

「……負けないまでも時間を取られるのは確実……」

青ざめ、脂汗を滲《にじ》ませているアリアの顔を覗《のぞ》き込むと同時に、システィーナが大きな声を張り上げる。

「リヒト・アイスヒルク！　ここはあたしに任せて先に行け！」

「…………」

有り難《がた》い、とも、それはできない、とも即答はできなかった。三人で挑めば負けることはないだろうが、時間は取られる。誰かがひとり残り、足止めすれば負ける可能性はあるが、時間は取られない。目的達成を目指すのならば迷うことなく後者を選ぶべきだが、俺は冷徹になりきれない甘ちゃんであった。

そんな俺の心を鼓舞するため、システィーナは、ぶおん、と大剣を振るう。

「舐《な》めるなよ、リヒト・アイスヒルク。あたしはこの国の英雄の娘だぞ！」

そう言い放つと、大剣によってゴーレムのローラーの動きを止める。駆動部に大剣を突き刺したのだ。火花を散らしながらもゴーレムの突進は止まる。

「今だ。早く行け！　いいか、この期に及んでことの軽重を誤るなよ。おまえの使命は王女の命を救うこと。あたしの使命は父上の命令に従うこと。このふたつが一致している限り、選択肢はひとつだけだ！」

「……分かった。だが、絶対に死ぬんじゃないぞ」

「こんなところで死んでたまるか！」

そう言うと彼女は「んぎぎぃ！」と力を込め、ゴーレムを押しのける。その瞬間、姫様を担《かつ》いだマリーが走り出しゴーレムの横をすり抜ける。その後ろに俺とエレンが続くが、妹はその場を立ち去る瞬間、システィーナにこんな言葉をつぶやいた。

「絶対生きて戻ってきなさいよ。喧嘩は相手がいないとできないんだから」

そのツンデレな台詞《セリフ》を聞いたシスティーナは「どっせーい！」と叫ぶと、ローラー・ゴーレムを押し返していた。彼女ならば迷宮の守護者に後れを取ることはないだろうと思っ

た。


後ろ髪を引かれる思いで迷宮を走る三人組、特にエレンは今にも引き返しそうな動作をするが、

「兄上様には私が必要……」

念仏のように繰り返すと、未練を断ち切っていた。そんな妹のけなげさは三〇分後に報われる。妹の推察通りに迷宮の守護者が現れたのだ。

†

黄金で作られたゴーレム。

肩口に〝百〟の文字が刻まれた黄金のゴーレムは腕を振り上げ下ろす。

その動きは柔軟でまるで人間のようであった。

それをエスターク家の宝剣でいなしたエレンは、

「黄金は鉄よりも遙《はる》かに柔らかく、加工しやすい金属。高価ということ以外、ゴーレムに最適な素材なのかもしれない」

とつぶやく。

そしてそのまま流れるように剣を振るうとゴーレムに斬撃を加え、叫んだ。

「リヒト兄上様とマリーは先に向かってください」

「………………」

システィーナのときと同じ状況だ。ここで妹に反論すれば、システィーナの意志を無駄にすることになる。そのようなことは絶対にできない。

それに俺は妹の力を信頼していた。黄金でできたゴーレムとて妹の剣技の前には敗北するはず、そう思った俺は迷わずマリーを走らせた。マリーが一瞬だけ躊躇《ちゅうちょ》したのは俺の気持ちを慮《おもんぱか》ってくれてのことだろうが、俺と妹の絆《きずな》を舐めてもらっては困る。俺は未練を残さず走ることによって自分の気持ちをマリーに伝えると、彼女も俺の気持ちを察し、走り出す。

俺たちの後ろ姿をじっと見つめるエレン。

彼女は俺が見えなくなるまで見送ると、改めて金色のゴーレムを見た。

「その自然な動きは評価に値するけど、金ぴかは成金《なりきん》趣味すぎるわね」

そのように腐すと金色のゴーレムは怒りに満ちた一撃を加えてくる。

圧倒的な質量の一撃を細身の剣でいなすエレン。力はゴーレムのほうが遥かに上だが、技量ではエレンが勝っていた。

総合的にはエレンが勝っているので負けることはないはずであるが、一撃で倒して兄のあとを追うというわけにはいかない。黄金のゴーレムの力は伊達ではなかった。

古代魔法文明の魔術師たちが総力を結集して作った黄金のゴーレム、その開発費は国が揺らぐほどであったという。北部の麒麟児《きりんじ》と謳《うた》われたエレンとて苦戦は免《まぬが》れなかった。

エレンは黄金のゴーレムの関節駆動部に攻撃を集中させながら、相手に致命傷を与えられる瞬間を辛抱強く待ち続けた。

†

「ここは私に任せてあなたは先に行きなさい、を地で行く子たちね」

マリーが軽く戯《おど》けながら言ったのは悲愴感を漂わせないための配慮であったことは明白であったので同意すると、これ以上守護者が現れないことを願った。

「これ以上はさすがにね。マリーはお姫様の運搬役にならないといけないし」

「そして俺がアレフトの野望を阻止しなければいけないしな」

「ほんと、神様にお願いしないとね。障害がこれ以上増えないようにって」

マリーはそうため息を漏らすと本当に祈りを捧《ささ》げる。

「…………」

しばらくじっと見つめると、「意外そうな顔をしてるのね、これでも信心深いのよ」と笑った。

「忍者メイドさんは無宗教かと思っていた」

「まさか。これでも聖教会の熱心な信徒よ」

「初めて出会ったときも炊き出しをしていたしな」

「そうね。あれはアリアローゼ様が石鱗病に罹《かか》った患者に治療を施していたときね。懐《なつ》かしいわ」

「ああ、びっくりした。伝染病の患者を前にあのように気丈に振る舞える人物を俺は知らない」

「まさしく聖女様よね、このお方は」

　マリーは宝物を見るかのようにアリアの寝顔を見つめる。

「死病に感染するリスクを顧みずに他者に尽くせるものは聖女と称してもいいだろう」

「そうよね。ちなみにマリーが心を惹《ひ》かれたのはアリアローゼ様のそういうところ」

「付き合いは長いんだよな」

「そうね。アリアローゼ様がお城に引き取られてからすぐにお仕えしたから、一〇年近いかしら」

「もはや姉妹だな」

「そうね。その通り。マリーたちの絆は姉妹そのものよ」

マリーは目を瞑《つぶ》り、肯定する。当時の記憶を鮮明に思い出す。マリーはラトクルス流忍術の継承者で、実は最初はアリアの護衛として雇われたのだ。アリアを保護する貴族に頼まれ、命を護るように言われたのだが、いつの間にか護衛ではなく、メイド長の座に収まっていた。ちなみにアリアを護《まも》ろうとした貴族はとうの昔に失脚し、死んでいた。つまり、マリーはその貴族から護衛料を貰《もら》っていないのだが、仮にメイドとしての給金が支払われなくとも忠誠心が揺らぐことは絶対なかった。

もはやマリーとアリアの絆は実の姉妹を凌駕《りょうが》しているのである。

アリアとの出逢《であ》いを懐かしく思っていると、前を走る同僚の足が止まる。

「ちょっと、なに止まってるのよ」

マリーは不平を述べるが、俺は気にせず言葉を発する。

「疲れただろう。そろそろ休むぞ」

「はあ？　なにを言ってるの？　疲れてなんてないし、休んでる暇はないでしょ」

「人をひとり背負って迷宮を走って疲労が蓄積していないわけがない」

断言するとマリーの目の前で屈《かが》み、厭《いや》がる彼女の足を押さえつける。続いて彼女の靴を剝ぎ取る。彼女の靴は真っ赤に染まっていた。

「まめが全部潰れたか」

「全部潰れたなら問題ないでしょ。もう潰れようがない」

「これ以上無理をすれば歩行障害を負うぞ。足が腐り落ちる」

「大丈夫、足は二本あるから」

「両方抜け落ちる」

「そうしたら手で這《は》いずるまで」

「まったく、ああ言えばこう言うメイドだな」

「今は火急のときでしょう」

「そうだ。だから休む。おそらく、この下の階層が禁忌の地だ。この下に禁忌が眠っている」

「まあ、たしかになにかぴりぴりとした空気が漂ってるものね」

じゃあ、なおさら休めないわ、と歩みを進めようとするメイドを止めるため、俺はダンジョンの壁面に手を突く。


ドンッ！

とマリーに向かって壁ドンをする。するとさすがのマリーも顔を赤らめ、歩みを止める。

「おまえが無事でないとお姫様に申し訳が立たない。それに休めるときに休んでおかなければ勝負に関わる」

俺とて無限の体力があるわけではない、そのような論法で休憩時間を設ける旨《むね》を伝えると、強制的にマリーを休ませることにした。マリーに《睡眠》の魔法を放ったのだ。

「起きたら覚えてなさいよ……むにゃ……」

最後まで物騒な台詞を放ちながら眠りにつくメイドさん。俺は彼女を抱きかかえると、簡易ベッドをふたつ作り、そこにアリアとともに横にした。

†

ふたりの少女の寝顔を肴《さかな》に干し肉をかじる。

勝ち気なメイドに慎《つつ》ましやかなお姫様。正反対の性格のふたりであるが、寝顔はよく似ていた。姉妹のようだといえばマリーは気分をよくするだろうが、魔法で深い眠りについている彼女が目覚めるのはもう少し先だろう。それまでの間、俺も眠って体力の回復を図りたいところであるが、眠ることはできなかった。気持ちが高ぶって眠れないわけではない。思わぬ人物が現れたから眠りにつくことができなかったのだ。

その人物が誰であるか悟った瞬間、口元が緩んでしまう。

「……最近、よく会いますね」

「ああ、そうだな」

端的に答えたその人は仮初めの同盟者のランセル・フォン・バルムンクであった。

「娘さんの様子が心配なのですか。彼女なら今頃、ローラーを持った鉄巨人を倒している頃です」

「娘の心配などしておらんよ。あの子は守護者ごときには負けない」

それは親の欲目なのだろうか、単に事実を話しているのだろうか。その表情から察することはできないが、彼の頭の中は人類の未来について頭がいっぱいなのだろう。単刀直入に禁断の地《エウレカ》について話してくる。

「この階層の下に禁断の地《エウレカ》への入り口がある。そこにアレフトがいる」

「禁断の地《エウレカ》には禁断の知識があるそうですが」

「ああ、冬の軍団《レギオン》に関するあらゆる知識が溢《あふ》れている」

「あなたもそれにアクセスしたいのですか」

「したくないといえば嘘《うそ》になる。しかし、それよりも心配なのはアレフト自身だ」

「意外な言葉ですね。十傑とは敵対しているのかと思った」

「まさか。人類を救済しようという意思は共有している。やり方が違うだけだ」

「でも〝仲間〟ではない」

「それは認めるがね」

ふ、と自嘲気味に笑う。

「かつておれも十傑に所属していたことがあった」

「…………」

「驚かないのだな」

「あなたほどの実力者が学院の上位一〇人に選ばれないほうがおかしいですよ」

「かもしれないな。おれはかつて十傑の三位だった」

「三位ではなく？」

「二位だった時期もある。しかし、二位と三位はおまえの父親テシウスと分け合っていた」

「それじゃあ、つまり、当時あなたや俺の父親よりも強い生徒がいたと？　――信じられない」

「真実だよ。そのものの名はリッチモンド。当時、学院最強の魔術師だった」

「リッチモンド……もしかして」

思考を巡らしているとバルムンクは言った。

「気がついたか。さすがだ」

「冬の軍団《レギオン》の王、不死の公王の名がそれだ」

「その通りだよ。やつはおれたちを押しのけ、序列一位になった。そして禁断《エウレカ》の地へ向かう権利を得た」

「そこで冬の軍団《レギオン》の情報にアクセスし、闇落ちした、ということですか？」

「そうだ。当時からおれたち三人、おれとテシウスとリッチモンドは種の保存計画、箱船プロジェクトには反対だった。選ばれたエリートだけが星海に逃げてなんになる、と思っていたのだ。そこで三人は誓い合った。この中の誰かが序列一位になったらこの愚かな計画は破却し、別の方法で人類を救済すると」

「父上がそのような志を……」

なにか心に秘めている人だと思った。国を憂う以上になにかを成し遂げようとしている人だと思ったが、まさかそのような誓いを立てていたとは夢にも思わなかった。

「三人の友人が志を共有したんですね」

そのように三人を賞賛すると、バルムンクは豪快に笑った。はっはっは、と。

「なにがおかしいのです」

「いや、おまえは友情を勘違いしていると思ってな。友情など愛情と一緒だ。その心は実態のない虚無」

「…………」

「当時はもちろん、今現在に至るまで、友情など存在しないと思っているよ。たしかにおれたち三人は親しくしていたが、それは友情ではない。単に互いを利用していたに過ぎない。おれとテシウスは剣の道を極めるため、リッチモンドは魔術の真理を摑《つか》むために一緒にいたに過ぎない」

それを友情というのではないだろうか、そう思ったが、話の腰を折る必要はなかった。

また、この信念の人の辞書の項目を変えるのは困難なので反論はしなかった。

「ともかく、当時のおれたちの目的は一致していた。おれたちの手によって人類を救済する、と。おれはすべての人類を指導し、〝教化〟することによって冬の軍団《レギオン》に対抗する。テシウスは王家を守護し、強力な〝王権〟を作り出し、冬の軍団《レギオン》に対抗する。そしてリッチモンドはみずからが〝冬の王〟になることで冬の軍団《レギオン》に対抗しようとしたのだ」

「そうして不死の公王リッチモンドが誕生したというわけですか」

「ああ、禁断《エウレカ》の地で、禁断《エウレカ》の知識にアクセスし、禁断《エウレカ》の秘術を行った。そしてやつは不死の公王となった」

「彼は今、なにをしているのです？」

「おれとテシウスが共闘してやつを氷河に追い遣った。他の冬の王たちと同じ永久凍土の下にいる」

「あなたは冬の王を倒したのですか？」

「生まれたばかりの王は弱い。十全の力を発揮した冬の王はおれの神剣バルムンクでも斬れない」

　断言するバルムンク。

「それに倒したのではない。永久凍土の下に封印しただけだ。それも他の冬の王よりも浅い場所に」

「ならば最初に蘇《よみがえ》るのは」

「氷が溶ければ真っ先に目覚めるだろう。しかし、それはどうでもいい。それよりも今、心配しなければいけないのは新たなる冬の王の誕生だ」

「アレフトがリッチモンドと同じ道を辿《たど》ると」

「ああ、やつはリッチモンドに似ている。序列一位になるため、己を研鑽《けんさん》するのではなく、他者を貶《おとし》める道を選んだ。武よりも知を尊び、自分が世界一賢いと思っている」

「自分が冬の王になって人類を支配する道を選ぶ、か」

「そうだ」

「禁断の知識《エウレカ》にアクセスすれば、誰でも冬の王になれるのでしょうか」

「それは知らない。ただ、ひとつだけ言えるのは十傑の長い歴史でも冬の王になったのはたったのひとりだ。闇落ちしたものは何人もいたが、闇そのものになった男はリッチモンドだけ」

「そうそう簡単になれるものではない、ということですね」

「そうだ。ただ、なにが起こるか分からない。いや、なにかが起こる。だからおれが出張ってきた」

「ともに剣を振るってくれるのですか?」

「ああ」

「最強の相棒《パートナー》です」

「親子二代で同じ地で戦うことになるとは夢にも思っていなかったよ」

「人生とは奇妙なものですね」

軽く笑うが、バルムンクは同調することなく、核心に触れる。

「休憩が終わったらアレフトのもとへ向かうが、その前にひとつ言っておくことがある」

「なんでしょうか」

「善悪の彼岸についてだ。おまえは善悪の彼岸・第二章までの力に目覚めているが、アレフトを倒すには第三章の開眼が必須となるだろう」

「……かもしれませんが、必須と言われてもその方法が」

「方法は知っている」

「本当ですか？　ご教授いただけるんですよね？」

「この流れで黙っているわけがない。ただ、おまえがその代償を支払えるかが問題だ」

〝代償〟その言葉を聞いた俺は軽く汗を滲《にじ》ませる。

「金で済むのならばいくらでも払いますが、おそらく、あなたがそんな俗なものを欲《ほっ》するとは思えない」

「当たり前だ。おれが欲する、いや、神が欲しているのは〝貴きものの犠牲〟だ」

「……〝貴きものの犠牲〟」

「善悪の彼岸の開眼には愛が必要なのだ。第一章は主従の愛、第二章は兄妹《きょうだい》の愛、そして第三章は〝自己犠牲の愛〟」

「貴きものの犠牲がなければ第三の力は発動しないのですか？」

「しないね」

「ならばそんな力はいらない。貴きものとはアリアやエレンのことでしょう」

「我が娘システィーナでもいいぞ」

「同じことだ。知り合いを犠牲にしたくない」

「なにも死を与えなくてもいい。そうだな、彼女たちの血液の三分の一」

「血液を神に捧《ささ》げよ、ということですか？」

「そうだ」

「できるわけがない！」

「即答だな」

「当たり前です。俺は大切な人たちを犠牲にしてまで力を得たくない」

「その力がなければ大切な人を失うのだぞ。姫の命と、姫の血液。天秤《てんびん》に掛けるまでもないだろう」

「血液を三分の一も失えば常人ならば死にます」

「ならばそれまでの娘だった、ということだ。国の改革など幻で終わるだけ」

なにかを得るとはなにかを失うということ。古代の賢者が残したありきたりな格言が脳内に木霊《こだま》する。しかし、姫様の血と姫様の命を天秤に掛ければ後者を選ぶに決まっている。あるいはエレンがこのことを知れば自身の血液を差し出すかもしれない。だが、俺にはできない。愛するものの血液を捧げるなど、死んでもしたくなかった。

「…………」

俺はしばしバルムンクを見つめると決意を固めた。

「善悪の彼岸・第三章の力などいりません。現時点の俺の実力でアレフトを倒します」

「それは不可能だと言ったが」

「やってみなければ分からない。あなただって神ではない」

「一己の脆弱《ぜいじゃく》な人間だよ」

「あなたの計算間違いと、自分の実力に賭けるまでです」

「分かった。それでは今のままアレフトと戦え」

バルムンクはそのように言い放つと、近くにあった岩に腰かける。

「おれが見張りをしている。おまえは眠れ。体力を回復し、勝てる可能性を一パーセントでも高めよ」

それがバルムンク候の優しさであると悟った俺は遠慮することなく眠りにつく。

俺の特技は右脳と左脳を交互に休め、臨戦態勢のまま眠ることだが、今回に限り、両方の脳を休ませる。バルムンク候の強さならばこの場に巨人が現れてもひとりでなんとかするだろうし、今のバルムンク候は信頼が置けた。俺はゆりかごに揺られているかのような気持ちで熟睡することができた。

何年かぶりに熟睡すると、久しぶりに母親が夢に出てきたような気がした。

第六章

千剣の使役者

†

眠りというやつは一時間三〇分ごとに深い眠りと浅い眠りを繰り返す。レム睡眠とノンレム睡眠というやつであるが、理論上、それらを一巡させれば体力は回復する。

ショートスリーパーにして自在に眠りに落ちることができる俺はあっという間に眠りにつくが、その日はいつもと違った。普段、見ないはずの夢を見たのである。

眠りに落ちるとそこにはアリアがいた。

彼女は自分の館のベッドから起き上がるとにこにこと微笑《ほほえ》んでいた。

彼女の胸には蒼《あお》い蜘蛛《くも》はおらず、健康そうだった。

互いに言葉を発することなく、ただ、見つめ合う。

彼女の美しい顔立ちは永遠に見ることができた。ここが夢の中であると分かっていても健康体の彼女は美しい。見飽きるということはなかったが、一時間と三〇分の間、ただただ無言で彼女の笑顔を堪能《たんのう》する。

夢の中でも俺は常に彼女を救おうと決意を燃やしていた。

きっかり一時間三〇分後に起きると、マリーが目をぱちくりさせていた。狐《きつね》につままれたような顔とはこのことだ。魔法によって眠らされたことの怒りなどどこかに消し飛んでいた。

彼女は自分の頬をぎゅーっとつねると、

「マリーはまだ夢の中なのかしら」

と寝ぼけたことを言った。

「夢ではない。あれはバルムンク候だ。見張りをして貰《もら》っている」

「あんた、一国の大臣様を見張りに使ってるの？」

「恐れ多いことだがお任せした」

「いつか牢《ろう》にぶち込まれるわね」

「そのときは保釈金を積んでほしいが、それよりも先に出発するぞ。やはり禁断《エウレカ》の地はすぐそこだ」

それを聞いたマリーは「なら余裕で間に合いそうね」と姫様を背負う。マリーにはこの場に留《とど》まって姫様とともに待って貰おうかと思ったが、彼女が拒否するのは目に見えていたし、アレフトを倒して血清を手に入れ戻ってくる時間を考えると、一緒に来て貰ったほうがいいと判断した俺は彼女の帯同を許した。

こうして眠れるお姫様とそれを背負うメイドさん、そして俺とバルムンク候という奇妙なパーティーは禁断《エウレカ》の地に足を踏み入れた。

禁断《エウレカ》の地、十傑序列一位しか入ることの許されない禁足地は、想像したものと違った。ダンジョンの最深部にあるのだからもっとじめじめとした場所を想像していたが、開放感と光に満ちた場所だったのだ。複数の階層をぶち抜いた天井からは光が降り注いでおり、太陽の下に立っているかのようだった。

「……天井が光っている」

マリーは口をあんぐりと開けている。古代魔法王国の超越技術《オーパーツ》に驚いているようだがそれも仕方ない。俺自身、書物を読んで知っていたが、実際に見ると驚きを禁じ得ないからだ。一方、バルムンク侯はさも当然のように歩みを進めている。同じようなものを見たことがあるのだろう。

「急ぐぞ。禁断《エウレカ》の地への扉は開いているが、いつアレフトの気が変わるか分からない」

「そうですね。今のところ俺たちは拒絶されていないが、一番困るのは星海に旅立たれることだ。さすれば血清が手に入らない」

「そういうことだ。おまえとしてはアレフトが本来の使命に目覚めないほうがいいわけだ」

皮肉だがそうである。蒼い蜘蛛の血清を作るにはやつの血液が必要なのだ。やつが死体になっている分には構わないが、この星からいなくなられるのは困る。

そのように思っていると目の前の門が勝手に開く。自動扉というやつだ。マリーはびっくりしているが、現代文明でも同じような機構がある。

門を越えると奥にも門が見えるが、その先に大きな建物がある。白亜の古代宮殿だ。おそらくあれが禁断《エウレカ》の知識を蓄えた図書館であろう。あそこにアレフトがいることは明白であった。

マリーは白亜の宮殿を見上げると、

「あそこにラスボスがいるのね」

と感慨深げに言った。

「たしかに大物が鎮座していてもおかしくないたたずまいだが、いるのは小賢《こざか》しく動き回り、姫様の命を盾にする卑怯者《ひきょうもの》だ。仰々しく構えなくてもいいだろう」

そのように腐すと不思議な声が響き渡る。

「酷《ひど》い言われようだねえ」

脳の中に直接響くような声、おそらくであるが古代魔法文明の秘術を使って語りかけているのだろう。

驚くことなく、語りかける。

「やあ、聖職者の皮を被《かぶ》った毒使いさん」

「言い得て妙な表現だね」

「ああ、おまえについて調べさせて貰ったよ。メイザス家、侯爵の連枝《れんし》の家系」

「爵位は子爵、武門の家柄」

「多くの敵兵を殺してきたものを弔うため、次男以下のものは聖職者になる習わし」

「表向きは後継者争いを防ぐため」

「しかし実態は聖職者になった振りをして暗殺に手を染めさせている」

「正解。さらに付け加えればメイザス子爵家の長男は魔女を娶《めと》る。僕の母親は魔女」

「毎晩毒薬を煮詰め、それを次男以下の子供たちに飲ませる」

「そう、劇薬を薄めたものを子供の頃から与え、徐々に毒にならすんだ。中には途中で死んでしまう子もいるが、生き残った子は最強の毒耐性を得て、あらゆる毒を無効化する」

「とんでもない虐待だな」

「僕もそう思うよ」

目には見えないが細目がさらに細くなったような気がする。

「さて、そんなふうに育てられると性格も歪《ゆが》んでね。長男を盛り立てるための捨て駒にさ

「れてることに嫌気がさすものも自然と現れる」

「だからって姫様を巻き込むことはないだろう。今、血清を渡せば命だけは助けてやる」

「それはできない。君たちは危険だ」

「大いなる誤解だ」

「それじゃあ、もしも僕が冬の王になると言っても見逃してくれるか？」

「それはできない。星の海に種をまき散らすことは勝手にやっていろ、と思うが、ラトク
ルス王国を、いや、世界を滅ぼすことは許容できない」

「そうなるよね」

「――おまえは冬の王になるつもりか？」

「うん。端的に言うとね」

レギオン

「最初は冬の軍団から逃れる箱船を独占しようと思っていた。他
の星に逃げて僕が人類の始祖となるつもりだったのだけどやめた」

アダム

「どうして？」

エウレカ

「禁断の知識に触れたからさ。この図書館に眠るあらゆる知識を脳内に流し込んだ結果、
他の星に逃げても無駄だと悟った」

「そんなことはないだろう」

「それがあるのさ」

アレフトはそのように言うと冬の軍団《レギオン》について語る。

「冬の軍団《レギオン》、不死のものたち。彼らはただのアンデッドではないのさ」

「というと？」

「彼らは文明の破壊者だ」

「文明を破壊するものたち……」

「そうだ。やつらは人間を殺し尽くす存在。ただ、それは感情を持って行っているわけではない。彼らは人間が憎いわけでも、人間を殺すことに快楽を抱いているわけでもない。いわば本能によって人間を殺しているんだ」

「本能……か……」

と呟《つぶや》いたのはバルムンク候だった。彼には心当たりがあるのだろう。

「要するに人間はこの星の破壊者なのさ。冬の軍団《レギオン》はいわばこの星を破壊者から護る〝抗体《ワクチン》〟なんだよ」

衝撃的な台詞《セリフ》を言い放つと、アレフトの声に恍惚《こうこつ》の成分が満ち始める。

「街を作るために切り倒される樹木の数が一日何本になるか、想像できるかい？　煉瓦《れんが》を焼き上げるのに必要な樹木の数は？　街から街に物資を運ぶ船に使われる木材の数は？」

「…………」

「かつてこの大陸には大きな森が広がっていた。大陸の端から端まで栗鼠《りす》が木々を渡っていけたくらいに。しかし、今はどうだ？　森は分断され、街に栗鼠の姿は見えない。いったい、どれくらいの数の生物が人間によって殺されてきたと思う？」

「数え切れないよ。それに人間の業深さは誰よりも知っている」

「だろう。今はまだいい。やがて人類の文明が発展すれば〝燃える石〟や〝燃える水〟を使い出すようになる。そうすれば土壌は汚染され、自然は煤《すす》にまみれるようになる。自然を破壊し、人々はペスト・マスクをしながら暮らすようになるのさ。見るに堪《た》えない」

「ありえそうな未来だ。最悪だな」

「ならば僕の計画を邪魔しないでおくれ。僕は新たな冬の王となり、人間に天誅《てんちゅう》を加える。僕の身体《からだ》を毒まみれにした家という名の宿痾《しゅくあ》から解き放たれたいんだ。身勝手な人間からこの世界を救済するんだ」

　高らかに、そして不遜に笑い声を上げる聖職者。

「おまえという人間にも悲しき過去があること、その行動に正当性があることは分かった。しかし、だからといって黙って滅ぼされる気はない」

「まったく、自分勝手な生き物だ」

「ああ、そうだ。俺は自分勝手なんだ。自分勝手に城を飛び出し、自分勝手に姫様と出会い、自分勝手に彼女の命と血を天秤《てんびん》に掛ける。俺はこの世界を破壊してでも姫様を救う」

そのように言い放つと、俺は両脇から聖剣と魔剣を抜き放つ。


交渉の余地はない。


その意思表明であったが、その瞬間、白亜の宮殿から紫色の霧が上がる。毒の霧だ。辺りを覆いつくすような霧はやがてアレフトを包み込み、おぼろげな形を作る。

巨大な人の形になったそれは、

「やはり君は僕の脅威、いや、この星の脅威だ。バルムンク候ごと殺さなければ」

と叫んだ。

姿形はアレフトと似ても似つかなかったが、その声はまさしくアレフトであった。

「もはや人間であることをやめたか」

「ああ、そうだ。僕はもうじき新たな冬の王となる。神剣使いの〝血肉〟を捧《ささ》げてな」

「俺をおびき寄せたのはそのためか」

「ああ。冬の王になるためには三人の神剣使いの血肉がいる」

「俺はひとりだが」

「だが、三つの神剣を操るだろう」

「ひとりで三人分に換算してくれるのか」

光栄なことだ。そのようにうそぶくと、霧のアレフトに十字斬りを放つ。

だが、手応えはない。まさしく霞《かすみ》を斬ったかのような感触であった。

バルムンクは冷静に言い放つ。

「無駄だ。霧状態のときは物理攻撃は効くまい」

「でしょうね。だからといって無為無策で立ち尽くすことはできない」

そう言って斬撃を放ち続けるが、アレフトには効果がなかった。

「愚かものめ、そうやって体力を使い果たすがいい」

高らかに笑いながら俺の行動を嘲笑するが、それでも俺は攻撃を止《や》めなかった。

ただ、弁明をさせて貰《もら》えれば単純に攻撃をしているわけではなかった。攻撃を加えながら剣に魔力を込め、炎攻撃の斬撃、氷属性の突き、雷属性の打撃、あらゆる攻撃を試す。

ダメージを与えられた様子はまったくないが。

魔法を帯びた攻撃でも有効打とはならないようだ。

しかしそれでも攻撃を止めなかった。アレフトの嘲笑をＢＧＭに攻撃を続ける。攻撃をしながら毒の霧の身体を斬り裂く方法を考えていたのだ。

（……霧の状態ではダメージを与えられないが、向こうの攻撃も大したことはない）

時折、霧を集結させ、実体を現し、攻撃を加えてくるだけであった。メイスによる攻撃だが、避けることは容易にできた。ただ、こちらの体力は有限だからいつまでもかわすことはできないだろう。実体になったときに打撃を受けるのだから、そのときには当たり判定があるはず。つまりそのときにダメージを与えればアレフトを倒せるはず。

その推論は間違っていなかったが、やつは瞬時に霧になれるので都合よく攻撃を当てることはできなかった。

途中、三刀流を試し、三方向からタイミングを計って同時攻撃したが、やつはそれを跳ね返す。

「無駄だ。君の攻撃パターンは把握している。三方向からの攻撃程度じゃね」

嫌みたらしく笑うアレフトだが、その声に呼応するように影が忍び寄る。今まで静観していた人物が動いたのだ。

巌《いわお》のように微動だにしなかったバルムンクが、隼《はやぶさ》のように動き、腰のものを抜き放った。

「ならば四方向ならどうかな？」

残像を残しながら抜刀術を加えると、実体を現した瞬間のアレフトに抜刀術を打ち込む。

「⁉」

台詞を言えなかったことから察するに想定外の一撃だったのだろう。霧状化するのが一瞬遅れたアレフトに初めてダメージが入る。

毒の霧の一部が赤くなる。

アレフトは、

「おのれえ！」

と怒りに満ちた台詞を放つ。

「バルムンク、貴様、アリアローゼの敵ではないのか‼」

「考えを異にするだけだ。共闘しなければいけないのならばする。それだけ」

「そこまで十傑が憎いか！　かつて愛した〝女〟を殺した十傑の公王リッチモンドがそこまで憎いか⁉」

「…………」

バルムンクはなにも答えない。バルムンクが冬の軍団《レギオン》と戦う理由、十傑と敵対する理由はそこにあるのかもしれない。バルムンクと父テシウス、それと冬の王となったリッチモンドとアレフトが言う〝女〟。この四者になにかあったことは明白であるが、彼がそのことについて語ることはないだろうし、尋ねる必要もない。今、必要なのは続けざまにダメージを与えることであった。そう思った俺は詠唱しながら印を切る。

『振動無き世界の渇望《かつぼう》の女王よ、
絶対零度の闇を照らせ。
氷雪の高原に祝福の接吻《せっぷん》をし、すべての男の魂を凍《い》てつかせよ』

古代魔法言語で禁呪魔法の放つ準備を始める。

俺が最強の氷系禁呪魔法を放とうとしていることを察したアレフトは続けざまに舌打ちする。

「糞《くそ》ッ、気がつきやがったか」

「どういうこと？」

先ほどから戦況を見守るマリーが叫ぶ。俺は彼女に解説する。

「マリー、液体には、三つの状態があるのを知っているか？」

「ええと、気体と液体と固体？」

「正解。ちなみに霧はどの状態だと思う」

「気体に決まってるっしょ」

「違う。湯気も同じだが、目に見えるものはすべて液体だ」

「まじで！」

「ああ、初歩的な錬金術の教本にも書いてあるよ」

「じゃあ、液体ならば固まるってこと？」

「そういうこと」

「固まればダメージが通る！」

単純な発想であるが、発想は単純なほど効果がある。それはアレフトの焦《あせ》りが証明していた。固体化することを恐れたアレフトは拡散することで逃れようとするが、それを許さなかったのはバルムンクだった。彼は螺旋《らせん》状にステップを踏みながら斬撃を放つ。すると竜巻が発生し、霧の拡散を防いだ。一糸乱れぬ連係であるが、事前の打ち合わせはない。あうんの呼吸での連係だった。

「リヒト、いまだ。凍てつかせよ！」

「分かっている！」

ふたりの声が重なると同時に俺は氷雪の女王を召喚する。氷系の禁呪魔法の究極形であるが、蒼《あお》い肌を持った絶対零度の女王はあっという間に霧を凍らせると、いくつもの氷の岩を作り出した。二七の氷の岩となったアレフト。こうなればやつは無敵の存在ではなくなる。

俺とバルムンクは二七の岩を無言で破壊していく。

ティルフィングによって七つ、グラムによって六つ、エッケザックスによって三つ砕くと、残りの一一個をバルムンクが砕いた。

砕くたびにアレフトは絶叫し、氷が赤く染まる。ダメージどころか致命傷を与えた証拠である。事実、最後のひとつを破壊したとき、やつはこの世のものとは思えない断末魔の叫びを発する。

「ぐぎゃあああぁぁ」

およそ無敵の存在であったはずの自分が痛覚の存在を思い出した、そんな叫び声であるが、同情は一切湧かなかった。

哀れな毒使いの最期《さいご》を見届けると、俺は飛び散ったやつの破片を集める。そこからレモンを搾るかのように血液を搾り出すと魔法陣を組む。即席で血清を作るのだが、野外で作るのは初めてだった。上手《うま》くいくだろうか、などと悩んでいる暇はない。アリアの胸の痣《あざ》はもはや心臓の真横まで達していた。あと数分で蒼い蜘蛛《くも》の毒針がアリアの心臓に突き立てられるのは明白だった。

「間に合えーッ！」

魂魄《こんぱく》の気迫で時を止める。

時間との勝負であったが、蒼い蜘蛛が姫様の心臓の真上に到達し、その針を心臓に突き立てようとした直前、俺は錬成に成功した血清を彼女の心臓に注入する。

アレフトの血から作り出した血清は瞬《また》く間に効果を発揮する。入れ墨のように姫様の肌に癒着した蒼い蜘蛛がもだえ苦しみ始め、姫様の肌の上で暴れたあと、仰向《あおむ》けになり死を迎える。やがて姫様の肌の蒼い入れ墨は徐々に薄れ、それと同時に姫様の顔色と呼吸が常人に近づいていく。

その光景を見て飛び跳ねんばかりに喜ぶマリー。俺自身喜びは禁じ得ないが、マリーのように表情を崩すことはできなかった。

悪魔に魂を売った男がこの程度でくたばるとは思っていなかったからだ。

無数の血の塊となったアレフト。通常ならばこれで死亡であるが、やつは飛び散った血の氷の塊を振動させ、浮遊させる。そしてまるで磁石のように一カ所に集める。

無数の赤い氷は、巨大な人の形を作り出す。

その光景を見てマリーは絶句する。

「全身を粉々にされても生きてるなんて……、こいつは無敵なの？」

「そういうわけでもなさそうだ。さっき、心臓のような氷があった。あれがやつの核なのだろう。あれを破壊できればあいつを倒せる」

「それじゃあ、ちゃちゃちゃっと――」

マリーの言葉が途中で止まったのは、俺が膝から崩れ落ちていたからだ。

「リヒト!?」

「……大丈夫だ。今から戦闘態勢に」

膝を奮い立たせようとする俺を制止したのはマリーだけではなかった。

重厚で野太い声が俺の鼓膜に響き渡る。

「無理をするな。ここはおれに任せろ」

そのように言うとバルムンクは血の巨人に立ち向かっていった。

あらゆる場所に残像を残し、オールレンジ攻撃を加えている。

さすがはバルムンク候であった。その戦い方は非凡とはほど遠かった。しかし、相手もさるもの血の巨人はバルムンクの渾身《こんしん》の一撃や剣閃《けんせん》を喰《く》らっても平然としていた。

今の巨人は気体でも液体でもなく、固体そのものであったが、生命力自体は先ほどの比ではなかった。また巨大な質量を得たことで絶大な攻撃力を得ていた。

巨人の腕がバルムンクを潰そうとするが、バルムンクは神剣の腹でそれを受け止める。バルムンクはどのようなことがあっても折れない名剣であるが、すべての衝撃を吸収できない。一〇数メートルほど吹き飛ばされる。

致命傷ではないはずだが、踏みとどまった瞬間、バルムンクは大量の血を吐く。

「バルムンク！」

思わず叫ぶが、彼は、

「落ち着け、小僧。ノーダメージだ」

「しかし、口から血が」

「これは血の巨人の攻撃によるものではない。持病だ」

「なんだって」

「おれは病に冒されている。余命一年もないだろう」

衝撃の事実をさりげなく言う。

「しかし、おれにはまだやることがある。人類をすべて教化し、冬の軍団《レギオン》に対抗するのだ。おれが人類を導く。巨人にもおまえにも邪魔はさせないぞ」

そう言うと先ほどよりも素早い動きで血の巨人に斬り掛かっていった。

マリーと俺は同時に、「どっちが化け物だ」と思ったが、口にはしなかった。それよりも一秒でも早くバルムンクに加勢するため、体力を回復させる。

俺はマリーからポーションを与えられるとそれをがぶ飲みする。体力と魔力の回復を待つが、遅々として回復しない。一秒が無限の時間に感じる。なぜならばこのままだとバルムンクが負けると思ったからだ。彼はこのようなところで死んでいい人物ではなかった。

そのように思っていると、意識を取り戻すアリアローゼ。

「アリア、目覚めたのか」

「おはようございます。そしてありがとうございます」

簡単なやりとりをすると、彼女は無言で回復魔法を掛け始める。

「無能力者の手習いですが」

と前置きしたが、その気持ちだけで気力は一気に回復した。

「リヒト様、焦らないでくださいまし、体力と魔力も必ず回復します。やつを滅する機会は必ず訪れますので」

「……ありがとう」

と言ったが、心の中で「気休めを」と付け加えるべきだろうか。

仮に俺の魔力と体力が全回復してもやつに勝てる見込みはなかった。なぜならばやつの核が二七個に分裂する様を見せつけられたからだ。やつの核は脈動するように分裂すると、血管を伝って二七の箇所に移動した。つまりそれは二七箇所同時に攻撃を加えなければいけないということだ。

先ほど破壊した二七の血の塊、あれがやつの弱点だったのだが、同時に破壊することはできなかった。時間差で破壊したから倒すことはできなかったのだ。

今の俺の力で二七の核を同時に破壊するなど不可能だ。二七人の神剣使いを連れてきてもそれは同じだろう。同じタイミングで核を破壊するなど、己の複製人間《クローン》でも不可能だった。

（……ならば諦めるのか？）

いや、それはできない。

ここでバルムンク候を見捨てることはできないし、仮に彼が敗れれば次の標的がアリアになることは明白だ。やつは誰ひとりこの場から帰すつもりはないのだ。もはややつの息の根を止めるか、こちらが全滅するかの二択であった。無論、後者を選ぶつもりはないが、やつを倒すのには一工夫いりそうだった。

色々思考を始めるが、真っ先に浮かんだのはバルムンクの言葉だった。


「善悪の彼岸・第三章」


それを習得できれば俺は彼を超える戦士となることができるらしい。

ならば一刻も早くそれを習得すべきだが、それはできない。第三章を覚醒させるには、貴きものの血が三分の一も必要なのだ。普通の人間は三分の一の血が失われれば死ぬ。ましてや病み上がりの姫様ならば五分の一でもきついだろう。

「善悪の彼岸はなしだ」

そのように決意したが、その決意は報われなかった。見ればいつの間にか姫様はその手に短刀を持っていた。彼女はそれを己の手首に当てると、

すうっと——、

線を引く。そこから漏れ出る鮮血はなにごとも代えられない美しさだった。

自己犠牲に満ちあふれていた。

アリアローゼはにこりと微笑《ほほえ》む。

「第三章の覚醒には貴きものの血がいることは知っています。リヒト様、どうかこの血を」

それはできない、とは言えない。すでに彼女の身体《からだ》からは大量の血が抜け落ちていた。マリーは唇を噛《か》みしめ、それを一滴も漏らすまいと器に注いでいる。今、彼女の厚意を無にすれば、俺は一生無粋で惨《みじ》めな人間として生きていかなければいけないだろう。

止めることはできないが、それでも胸が締め付けられる。その弱った身体が失血に耐えられるわけがない。俺の冷静な頭脳がそのように叫んでいたが、その計算を覆《くつがえ》す人物が現れる。赤い髪の少女だ。

「貴きものの血が必要だったのだな。ふたりで分担すれば六分の一で済むぞ」

「システィーナ、無事だったか」

「あんな雑魚《ざこ》にやられるかよ」

へへん、と鼻を鳴らすが、満身創痍《そうい》の強がりだった。戦闘によって大量に失血しており、六分の一の血液を抜いただけでも死を想起させる状態だった。

ただシスティーナはそれでも躊躇《ちゅうちょ》なく手首を切る。この世界で最も尊敬すべき父親が窮地に立たされているのだ。己の身体の血を振り絞ってでも彼女は高貴なる自己犠牲を貫くだろう。

止める術《すべ》も理由も見いだせない俺は黙って彼女の行動を見つめるが、器に血を垂らす人物がもうひとり増える。

「病人と怪我人《けがにん》が無理をなさらないでください」

黒髪の少女はそう言い放つと手首に線を入れる。そこから流れ出すのは俺と同じ血だった。

「エレン、おまえもか」

「ふふ、思ったよりも手間取りましたが、私は無事です」

それでもやはり怪我《けが》をしていた。今すぐ回復魔法を掛けてやりたいが、邪魔することはできない。これで高貴な血を持った少女が三人も集合したのだ。彼女たちが九分の一ずつ血液を提供すれば、高貴な犠牲の血が三分の一に達するのだ。

理論上はこれで第三章のトリガーである〝高貴な犠牲〟は達成したはずであるが、神はこれで許してくれるだろうか？　俺は聖剣ティルフィングに彼女たちの血を注ぐ。

白銀の神剣が鮮血でまみれる。

なんともいえない美しさであるが、耽美《たんび》なその光景に見とれていると、神剣が輝き始める。

いや、神剣自身が輝いているのではない。

俺自身が輝き、ティルフィングたちを照らしているのだ。

「す、すごい、兄上様が黄金に輝いている」

「なんて神々《こうごう》しいのでしょうか」

エレンとアリアの台詞《セリフ》であるが、俺自身、不思議な気持ちだった。自身の器が拡張されているので高揚感や緊張感とは無縁で不思議なほど穏やかなのだ。

まるで鏡のような湖面の上に寝そべっているような気持ちになる。

俺は師の言葉を思い出す。

「いいか、リヒト、最強の人間は心穏やかなものだ。死闘を演じているときでさえも心臓が逸《はや》ることはない。この境地を〝明鏡止水〟というんだ」

鍔広帽《つばびろぼう》の伊達男《だておとこ》師匠の顔を思い出すと、自分がその明鏡止水の境地に入っていることに気がつく。

今ならば三本の剣ではなく、〝無数〟の剣を操れるような気がした。否、操れる!

そう思った俺は神剣ティルフィングから〝念〟を送り出す。

「千の剣よ！　俺に従え！」

その念は広範囲――、このダンジョン中に届いた。

カタカタと鳴り出す傀儡兵《かいらいへい》の塊。

蠢《うごめ》き始める守護者たち。

彼らが復活したわけではない。動き始めたのは彼らが装備していた〝武器〟だった。

あらゆる階層に散らばっていた剣たちは、意志を持っているかのように下層に飛んでくると、俺の周りを浮遊し始める。

その数三〇九――。

傀儡兵、守護者、そして途中の宝物庫にあった剣。

無銘の数打ちから、名のある名刀まで集まり、俺の意志で動き始める。

「こ、これは⁉」

度肝を抜かれているシスティーナにアリアが説明をする。

「これが善悪の彼岸・第三章です」

「リヒトはまだまだパワーアップするのだな」

「はい。リヒト様は史上初の三刀流だけでなく、無数の剣を操る能力を得ました。いわばこれは、千剣の使役《サウザンド・スレイヴ》です」

「千剣の使役……凄《すさ》まじい」

少女たちが驚嘆に包まれている間にも三〇九の剣と二本の神剣は渦を巻くように血の巨人に斬撃を与える。螺旋状《らせんじょう》の剣の竜巻となって巨人を苦しめる。

「うおおおぉぉん！」

重低音の叫びが木霊《こだま》する。攻撃が効いている証拠だが、これだけでは致命傷にならない。剣の竜巻によって血の肉をそがれる巨人、やがて二七の核があらわとなる。

先ほどは同時に破壊することはできなかったが、今ならばそれも可能だった。なにせ俺は三一一の剣を同時に操るのだ。

俺はティルフィングにありったけの力を送り込むと、彼女を介して三一一の剣に魔力を伝播《でんぱ》させる。黄金色に輝く三一一の剣たち。

その光景を見てアリアはとある伝承を口にする。

「――そのもの黄金の身体を持ち、黄金の剣を振るい、この世界に福音をもたらす」

善悪の彼岸について書かれていた書物にある詩の一節だが、あれは伝承ではなく、真実であったのだ。

アリアローゼの騎士リヒト・アイスヒルクは、黄金の光によって血の巨人を飲み尽くす。

三一一の剣が一糸乱れぬ陣形を組み、寸分違《たが》わぬタイミングで、二七の核を破壊した。

その瞬間、黄金の騎士の伝説は、歴史となった。

アリアローゼの騎士リヒト・アイスヒルクは、最強不敗の存在として、歴史に記載されるような男となったのである。

歴史に立ち会ったランセル・フォン・バルムンクは、感慨深げにこう言い放った。

「テシウス、おまえの息子はどこまでも強くなる。おれたちの時代はそろそろおしまいのようだ」

どこまでも無表情であるが、どこか郷愁を感じさせる成分も含まれていた。

†

こうして後に十傑事変と呼ばれる騒動は終幕を迎える。

歪《ゆが》められて育った名家の子息の暴走、それが事件の核心であったが、本質ではないのかもしれない。

この世界の腐った土壌が、アレフトの暴走を招いたのだ。

この王立学院は下等生《レッサー》、一般生《エコノミー》、特待生《エルダー》——と明確に階級が分かれている。視点を広げればそれは貧民、平民、貴族と商人と言い換えることもできるだろう。下等生《レッサー》であり、平民でもある俺は下からその奇妙な風習を眺めていただけであるが、昨今、考えが変わりつつあった。

（……姫様はこの腐った階級社会をなくし、誰もが笑顔で暮らせる社会を作ろうとしているのかもしれない）

先日、彼女の部屋で異世界の書物を見つめた。それは異世界の〝共和制〟と〝民主主義〟について書かれた本だ。その世界では共和制の歴史は古く、すべての文明は〝ギリシャ〟に行き着くと評されるほどの栄華と影響力を持っていたらしい。

その共和制は一旦、廃れたが、その後、さらなる強力な政体〝民主主義〟に繋《つな》がる。

民主主義とは民衆ひとりひとりが政治に参加する制度、持たざるものや不幸なものを最小化しようと社会保障制度を整えた理想的な政治だった。

彼女がまず目指すのは女王、あるいは摂政《せっしょう》なのだろうが、最終的な目標は民主主義国家の樹立にあるのは間違いないだろう。

そのようなことを同僚のマリーに話すと、「メイドさんにそんな難しい話をしないで」とけんもほろろに追い出された。それよりも「アリアローゼ様が用事があるんだって。あとで一緒にこの場所に行きなさい」と地図を渡された。

地図に示された場所に心当たりはあったが、その場所は王都からそれなりに離れている。祝日を潰さなければいけないだろうが、それでも俺は命令に従った。

馬車を用意すると、彼女の護衛をしながらそこへ向かう。

俺たちが向かったのはアイスヒルクの街。俺と姫様が主従の誓いを交わした街だった。最初、またあの街で石鱗病が流行《はや》っているのかと思った。優しいお姫様が特効薬を届けるためにそこに向かっているのかと思ったが違った。

馬車には医薬品の類いは積まれていなかったし、救援物資の影もない。

あるのは壮麗な衣装と儀礼用の宝剣だった。

もしかしたら親しい貴族の祝賀の席に招かれているのかもしれない。そんな結論に達したので、警戒感を持たずに姫様と馬車の旅を楽しんだ。

最近、戦闘に続く戦闘で疲れ気味だ。まったく休む暇がなかったので眠気がやってくる。

姫様は、

「わたくしの膝を枕にしてくださいまし」

と向日葵《ひまわり》のような微笑みで誘ってくれた。護衛ごときが不遜ではあるが、彼女の太ももの寝心地の魅力には敵《かな》わない。

遠慮せずに借りると、想像通り、最高の寝心地ですぐに睡魔がやってくる。

あっという間に涅槃《ねはん》に旅立つと、アイスヒルクの街に達するまで眠りこけた。このような夢心地で寝るのは数年ぶりのことであった。

アイスヒルクの街に到着すると、馭者《ぎょしゃ》は貴族の館や大商人の館はスルーし、貧民街《スラム》へ向かった。これは奇異な、という瞳をアリアに向けると、彼女は悪戯《いたずら》好きな幼女のような瞳で言った。

「貴族か商人の式典に行くと思ったのですね」

「ああ。貧民街《スラム》に行くのならば物資を持っていくと思ってた」

「貧民街《スラム》には行きますが、あとで顔を出すだけ。今日の目的は違います」

「どんな目的があるんだ？」

「それは着いてからのお楽しみ」

ふふふ、と笑みを漏らすと、馬車が止まる。そこから一〇分ほど歩いたところに向かうのだという。その前に馬車の中でお着替えタイム。まず俺が騎士の礼装を施され、ついで馬車から追い出されてアリアが着替える。

「お姫様のお色直し～」

マリーは嬉々《きき》としながらお姫様に礼服を装着させる。

「胸でけー」

などという声が聞こえるが、無視をしていると三〇分後には世にも美しい姫君が誕生した。

「このまま女王に登極しても違和感がないな」

「最高の褒め言葉をありがとうございます」

うふふ、と笑う彼女の手を取り、目的地に向かうが、道中の光景には見覚えがあった。

「ここはアリアと臣下の礼を交わした教会に続く道だな」

「はい」

「アイスヒルクの姓を貰《もら》った場所だ」

「アイスヒルクの使い心地はどうですか?」

「最高だ。今ではエスタークよりもしっくりくる」

「それはなによりですが、わたくしには不満があります」

「不満?」

そう尋ね返すと、仮の騎士叙勲式を行った場所に到着する。

アリアは一歩前に出るとさも当然のように言い放つ。

「リヒト・アイスヒルク。なんだかしっくりきません」

「そうかな。アイスヒルクの姓は詩的で美しい」

「だからです。リヒトも凛々《りり》しく、力強い名前。ですからそのふたつは微妙にアンバランスなんです」

「しかし、今さら改名したくない」

「当たり前です。その姓は終生、あなたのもの。永遠にわたくしたちのもの。だからわたくしはリヒトとアイスヒルクの間に〝フォン〟の呼称を付けます」

「なんだって？」

滅多なことでは動じない俺であるが、さすがに驚愕《きょうがく》する。

フォンとは貴族だけに許される尊称なのだ。平民が名乗っていい呼称ではない。

「俺はエスタークの城にいたときもフォンを名乗れなかったんだぞ。俺は落とし子だ」

「それは過去のこと。今では一国の王女の騎士です。主《あるじ》の危機を何度も救った忠臣です」

「当たり前のことをしたまでだ」

「自分の信念を曲げてまで十傑になってくださったこと、嬉《うれ》しく思っています。その功績に報いさせてください」

「しかし俺は――」

俺の言葉を遮ったのは後ろからこそこそ付いてきたマリーだった。

「リヒト、あんた遠慮しすぎ。あんたを正式な貴族にするのにアリアローゼ様がどれだけ苦労したか分かってるの？　政治工作しまくりなのよ」

さらに隠れて付いてきた妹のエレンも連携してくる。

「兄上様、アリアローゼ様の厚意を無駄にしてはいけません。兄上様は肩書きなど無意味だとおっしゃっていましたが、世間では違うのです。フォンの称号はアリアローゼ様を護るときにも力を発揮するでしょう」

「その通りです。最後にバルムンク侯に後押しして貰わなければ失敗していました」

「バルムンク侯が……」

「和解の印ではないでしょう。彼は〝いいものを見せてもらった礼〟とだけ言っていました。気まぐれかもしれませんが、こんな機会は一生に一度です」

「そーよ、そーよ。落とし子が準男爵とはいえ、正式な爵位を貰えるなんて滅多にないんだから」

「準男爵か……」

準男爵とは一代限りの世襲できない爵位。しかし正式な貴族であることは間違いない。

貴族になりたいと思ったことは一度もないが、ここで辞退をすれば朴念仁と無粋を煮詰めたような男として姫様に恥をかかせてしまうだろう。

それにこれから俺は姫様とともにこの国を改革しなければいけない。

いや、この国を救わなければいけないのだ。

肩書きなど不要と切り捨てるわけにはいかなかった。

（……俺は貴族となる。そして最強不敗の神剣使いとして姫様を護《まも》る）

決意を新たにすると、騎士の忠誠を誓ったあのうらぶれた教会で、メイドと妹に見守られながら、剣を突きつけられる。

「我の名はアリアローゼ・フォン・ラトクルス。神に造られた人々の子孫、および、リレクシア人の王の娘にしてドルア人の可汗《ハン》の娘」

アリアローゼは粛々と自分の称号を読み上げると続ける。

「テシウス・エスタークの伯爵の落とし子、リヒト・エスタークよ。汝《なんじ》、我に忠誠を捧《ささ》げるか？」

「はい」

あのときと同じ声が響き渡る。

「いついかなるときも、陰日向《かげひなた》なく、主を護り、主のために死ぬか？」

「はい」

「どのような困難にも立ち向かい、国民のために命を捧げるか？」

「はい」

アリアローゼは厳粛な表情でうなずくと、こう締めくくった。

「汝こそ、騎士の中の騎士。アイスヒルクの姓を持つものよ。貴殿にフォンの称号を与えよう。男爵として我が道に光明を照らせ」

「はい」

最後に短く返事をすると、彼女の宝剣にキスをする。

こうして俺は永遠の忠誠を誓い、この国の正式な貴族となった。

周囲を見回すと親しい人たちの笑顔に包まれている。

彼女たちはもちろん、満天の星々も祝福してくれているような気がした。

それが証拠にアイスヒルクの街の空には雲ひとつかかっていなかった。

あとがき

「最強不敗《さいきょうふはい》の神剣使《しんけんつか》い」のファンの皆様、お久しぶりです。作者の羽田遼亮《はたりょうすけ》です。

このたびは三巻をお買い上げいただきありがとうございます。

昨今の出版不況、一巻打ち切りという作品も多い中、三巻まで出版することができたのは、ひとえに読者の皆様のご支持のおかげです。

続刊を出すのは作家冥利《みょうり》に尽きますので、ただただ有り難《がた》いばかりです。

作者としては面白い作品を提供することが恩返しだと思っているので、これからも頑張って小説を書いていきたいです。


さて、三巻ですが、三巻は十傑選定動乱編となります。

一巻からちらほらと名前が出ていた十傑ですが、三巻では主要な敵役として出てくることになります。

一気にほぼ全員出しつつ、さらに面白くするため苦労しましたが、いかがでしたでしょうか？　冒頭でも触れましたが、昨今は打ち切りの恐怖に怯《おび》えなければいけないので、テンポ良くキャラを出してなおかつ面白くしなければいけません。

本作は十傑にまつわる謎をページをめくらせる動力源と位置づけながら書くように工夫したつもりです。面白かった！　もっとこの十傑を掘り下げてくれ、とかありましたら、ツイッターやファンレターを書いてくださると嬉《うれ》しいです。

さて、ここで宣伝を。本作のコミカライズ版ですが、コミックウォーカーなどで連載開始しました！　不動《ふどう》らん先生の迫力ある作画は圧巻で、原作小説の魅力を一二〇パーセント以上引き出しております。

また、前シリーズの「神々《かみがみ》に育《そだ》てられしもの、最強《さいきょう》となる」のコミカライズ版も好調です。小説版は五巻まで発売中。その他複数のシリーズのコミカライズも担当しています。「羽田遼亮　漫画」などでググってみてね！

それではまたお会いできることを信じて筆を置かせていただきます。

二〇二一年一一月　羽田遼亮

お便りはこちらまで
〒一〇二―八一七七
ファンタジア文庫編集部気付
羽田遼亮（様）宛
えいひ（様）宛

富士見ファンタジア文庫

最強《さいきょう》不敗《ふはい》の神剣使《しんけんつか》い3
十傑選定動乱編《じゅっけつせんていどうらんへん》

令和3年12月20日　初版発行

著者――羽田遼亮《はたりょうすけ》

発行者――青柳昌行

発　行――株式会社KADOKAWA
〒102-8177
東京都千代田区富士見2-13-3
0570-002-301（ナビダイヤル）

印刷所――株式会社暁印刷

製本所――本間製本株式会社

ISBN978-4-04-074291-5 C0193　◇◇◇

天上優夜《てんじょうゆうや》
異世界で
レベルアップした結果、
最強の身体能力を
手に入れた少年
この少年
すべてが
シリーズ好評発売中！

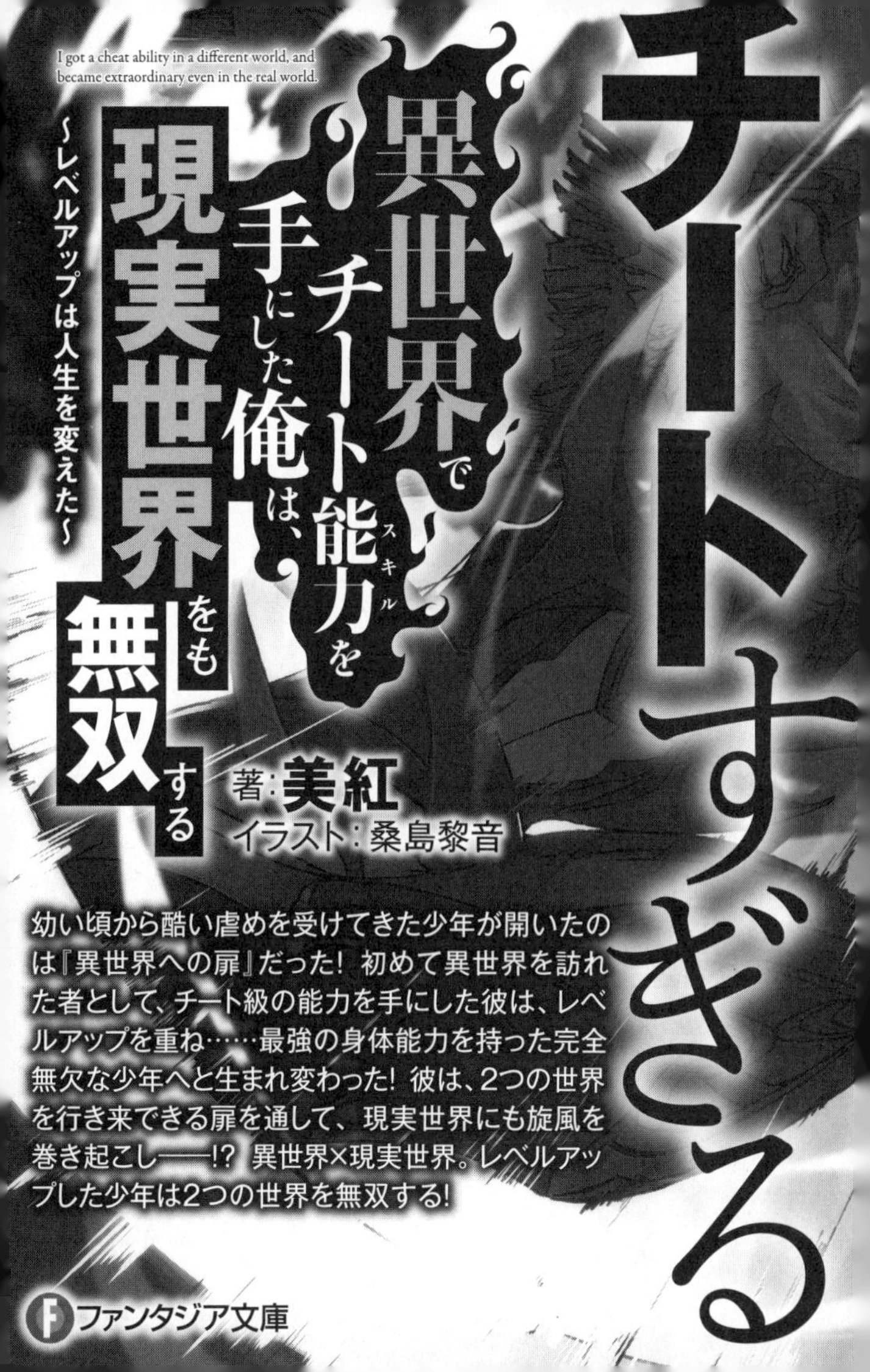

チートすぎる

異世界でチート能力《スキル》を手にした俺は、現実世界をも無双する

～レベルアップは人生を変えた～

I got a cheat ability in a different world, and became extraordinary even in the real world.

著：美紅
イラスト：桑島黎音

幼い頃から酷い虐めを受けてきた少年が開いたのは『異世界への扉』だった！ 初めて異世界を訪れた者として、チート級の能力を手にした彼は、レベルアップを重ね……最強の身体能力を持った完全無欠な少年へと生まれ変わった！ 彼は、2つの世界を行き来できる扉を通して、現実世界にも旋風を巻き起こし――!? 異世界×現実世界。レベルアップした少年は2つの世界を無双する！

ファンタジア文庫